TRANSPLANTE

JOHN REINHARD DIZON

Tradução por
MICHELE CAMILO

CAPÍTULO UM

CIDADE DE NOVA YORK (AP)--- Um dos episódios mais terríveis da história da cidade foi descoberto ontem à noite quando a supermodelo desaparecida, Geri Lindsey, foi encontrada rastejando na rua perto da 137th Street com a Lenox Avenue. Ela levou a polícia a um apartamento no subsolo de uma brownstone na Lenox Avenue, onde havia sido mantida em cativeiro. A polícia encontrou o astro da NBA, Jerome Browne e um homem conhecido como Combo, tentando entrar em um cômodo onde quatro médicos proeminentes de Nova York estavam trancados. Browne também foi dado como desaparecido desde 4 de julho.

Lindsey teve sua perna esquerda amputada no quadril e o braço esquerdo de Browne foi removido na altura do ombro. A condição física de Combo foi considerada "indescritível" pela polícia. A polícia resgatou quatro mulheres amputadas, cada uma afirmando que haviam sido sequestradas e tiveram seus membros removidos pelos cirurgiões. Uma quinta mulher, Anita Brown, foi presa como cúmplice dos sequestros.

Dr.Adam Rauch, Dr. Noah Birnbaum, Dr. Abe Javits e Dr. Isaac Vadim, foram presos e acusados de vários crimes federais e estaduais, incluindo sequestro, assassinato e lesão corporal grave. Agentes do FBI chegaram ao escritório do promotor esta manhã para discutir detalhes do caso.

Investigadores da polícia encontraram uma sala de cirurgia improvisada no subterrâneo, onde os médicos foram encontrados em uma sala segura revestida de aço. Havia também um frigorífico onde dezenas de torsos, membros e partes de corpos foram congelados

e armazenados. Um detetive a chamou de "instalação médica do inferno".

Funcionários do Hospital Bellevue se recusaram a comentar o incidente. O diretor Jacob Horowitz expressou sua solidariedade e preocupação com as vítimas e assegurou-lhes que a comunidade médica do local permanecia disponível para apoiar todos que foram afetados pela tragédia.

O país inteiro e o resto do mundo estavam focados na Big Apple quando o presidente americano emitiu um comunicado declarando que "esses jovens e suas famílias não serão abandonados neste momento de horror e tristeza". Ele exortou a comunidade médica e as nações do mundo a avançarem em disponibilizar todos os recursos tecnológicos possíveis para restaurar uma qualidade de vida aceitável para as vítimas. Pesquisadores japoneses contataram Bellevue e disseram ao doutor Horowitz da *Robotic Prosthetics* que haviam desenvolvido membros que poderiam ser parcialmente controlados por ondas cerebrais e impulsos nervosos. Pacientes com doenças terminais se ofereceram para doar seus membros às vítimas, muitos dizendo que "os psicopatas deveriam ser capazes de costurá-los de volta já que os amputaram".

O chefe de polícia Joel Madden e o capitão Ty Willard se encontraram com o detetive de homicídio Tommy Jackson e seu parceiro, Orrin Rampersad, logo após a coletiva de imprensa ser exibida na Casa Branca. A polícia de Nova York estava mais uma vez lidando com uma epidemia de crack no Harlem e outra guerra havia estourado entre a gangue da 137th Street e a MS-13, junto com elementos do cartel colombiano. Era um momento inoportuno para o Vice Squad e eles estavam pressionando o capitão Willard para encerrar a investigação imediatamente, já que eles estavam tentando evitar uma guerra de drogas nas ruas sem distração indevida.

- Senhores, este é um dos maiores escândalos que abalou a comunidade médica em mais de uma década. - Tenente Dwight Shreve abriu a reunião - Os médicos detidos são cirurgiões de transplante de renome mundial e especialistas em membros robóticos. A promotoria está certa de que, se pagarem a fiança, não terão escolha a não ser buscar asilo no exterior para evitar um erro judiciário. Esse é o nosso beco sem saída. Se não agirmos logo, isso prejudicará automaticamente o júri. Se não conseguirmos chegar ao Doutor Cyclops, os médicos não terão como provar nada. Nova York perde quatro de seus melhores cirurgiões e a comunidade médica ficará prejudicada.

- O que é essa coisa de doutor Cyclops? - Jackon perguntou. Tommy Jackson era um homem com quatro anos de experiência que se catapultou para o posto de detetive com um trabalho excelente em seis grandes casos de drogas. Ele foi transferido para o departamento de homicídios para ter a chance de marcar o seu sétimo grande caso com muito menos risco - Parece um álibi de merda que esses charlatões estão inventando. Você está me dizendo que não há argumentos?

- Vou lhe dizer uma coisa, o doutor Cyclops é o único que mantém essa coisa se transformando em uma grande confusão de merda. - Capitão Willard disse. Ele era um afro-americano de descendência queniana de pele negra. Conhecido como um tradicionalista correto, ele usava seu uniforme para trabalhar, ao contrário do Chefe Madden, que se vestia com ternos de grifes estilosos - Bom, parece-me que quatro gênios da medicina podem arranjar um álibi melhor do que esse. A coisa toda parece tão piegas, que *terá* que parecer verdade. Eles estarão apostando suas vidas nisso no tribunal.

- É como Adolf Hitler disse uma vez, "Quanto maior a mentira, maior a chance de todos acreditarem nela". - Orrin Rampersad postulou. Ele era um índio ocidental moreno que também tinha sido transferido da Vice e se juntado a Jackson, o homem dos olhos cor de gelo. - Mesmo que ele não exista, o testemunho dos médicos levará algumas pessoas a acreditarem no contrário. Em um julgamento de homicídio, eles só precisam persuadir um jurado.

- Esse é o trabalho de vocês, rapazes. - disse alto o Chefe Madden, um mulato elegante de olhos castanhos - Precisamos que descubram se existe um Doutor Cyclops e, se houver, tragam ele. Se essa pessoa não existir, o promotor tem uma chance. Se vocês o pegarem, os médicos voltam ao trabalho em Bellevue na próxima semana.

- Então por onde começamos? - Jackson perguntou.

- Queremos que vocês entrevistem os médicos, vejam se conseguem encontrar consistências e falhas em suas histórias, depois vão até lá e sejam ágeis. - Shreve os instruiu - Eles serão acusados esta manhã e, muito provavelmente, permanecerão no MCC[1] até o início do julgamento. Vocês irão entrevistá-los lá, então terão o resto da semana para localizar o Cyclops.

- Então, com quem você quer começar, com o Rauch? - Jackson acendeu um cigarro ao entrar no Rampersad's Le Mans, na garagem do subsolo, onde haviam estacionado.

- Por mim tudo bem. - Orrin não se comprometeu enquanto ligava o motor - Eu poderia querer deixar o melhor para o final. Aquele Birnbaum não me parece tão interessante. Ele seria aquele com a história mais fraca.

- Ok, então vamos falar com o Birnbaum. - Tommy soprou uma nuvem de fumaça pela janela aberta - Quais são as chances que você acha de a liga deixar Browne jogar com aquele braço?

- Você não consegue imaginar? - Orrin gargalhou - Que Browne vá para o inferno, eu tentaria contratar aquele cara, o Combo. Seria como jogar basquete contra o Darth Vader.

- Prender esses caras vai ser como jogar a fórmula para a cura do câncer em uma lata de lixo. - Tommy observou enquanto eles desciam pela Centre Street em direção a Park Row - Você consegue imaginar as pessoas com aqueles membros robóticos? Você estará transformando os nerds no Six Million Dollar Man. Esses dois caras estavam quebrando uma porta de aço quando os policiais apareceram. Inacreditável. Pense nas aplicações militares. Nossos caras são eliminados em campo no Afeganistão e voltam com a força de um ciborgue.

Não tem como você trancar esses caras e jogar a chave fora.

- Eu acho que você se depara com o mesmo número de problemas. - Orrin avançou o sinal vermelho enquanto virava a Park Row, provocando uma cacofonia de buzinas por causa de sua inprudência - É como aqueles doidos por esteróides; seu corpo cresce, mas seus ligamentos não. Eventualmente, eles se rompem com todo o estresse não natural. Você consegue imaginar o Browne fazendo uma enterrada e com o braço de robô ainda pendurado na borda quando ele descer?

Os detetives compartilharam uma gargalhada enquanto paravam no MCC^2 no número 150 da Park Row. Orrin mostrou suas credenciais e eles estacionaram o carro no estacionamento dos funcionários, depois entraram no local e providenciaram para que Noah Birnbaum fosse levado a uma pequena sala de entrevista.

Birnbaum tinha cerca de 1,65 de altura e pesava cerca de 60 quilos. Seu cabelo castanho encaracolado estava bem aparado e ele tinha um rosto de menino triste pelo fato de que ele poderia estar em uma situação complicada. Ele estava feliz por receber visitantes a quem pudesse confessar sua inocência, embora temesse ser colocado no espremedor de novo quando soube que eram detetives. Ele permaneceu afável enquanto Tommy e Orrin se apresentavam, explicando que foram designados para o caso e estavam tentando obter alguns detalhes.

- Nós quatro éramos amigos de infância. Nascemos e crescemos juntos no Brooklyn Heights. - explicou Noah com um copo de café depois que os detetives ligaram o gravador e sentaram-se à mesa na sala pintada de verde - Você sabe como as famílias judias sempre desejaram que seus filhos fossem médicos ou advogados. Bom, todos nós decidimos ser médicos e é só sobre isso que falaríamos. Todos os nossos jogos se centravam na área médica. Ou seríamos paramédicos, resgatando pessoas de prédios em chamas, ou médicos, realizando cirurgias cerebrais ou cardíacas, ou estaríamos em alguma selva, salvando pessoas de canibais ou de gangues de droga.

- Sim, brincávamos de polícia e ladrão e eu era o único que queria ser o policial. - Os olhos azuis de Tommy iluminaram-se - Continue.

- Simplesmente éramos um time incrível. - Noah relembrou - Nós estudamos juntos. Era como se fosse um jogo para ver se todos nós conseguiríamos voltar para casa com A+ em todas as matérias em nossos boletins. Nos concentramos especialmente em matemática e em ciências porque sabíamos que esses seriam os nossos ganha-pães. Nós éramos muito bons com computadores enquanto as outras crianças estavam jogando X-Box. Começamos a solicitar esses cursos de medicina on-line e, quando nos matriculamos na NYU, já estávamos estudando o material do segundo ano por conta própria. Começamos a nos espalhar em diferentes direções para que, juntos, tivéssemos o conhecimento combinado para nos tornarmos pioneiros na área médica. O meu foco era a neurocirurgia. Adam estava envolvido com pesquisas de membros artificiais. Abe estava envolvido na cirurgia de nervo e Isaac especializou-se em cirurgia plástica. Pensamos que se uníssemos nossos recursos e habilidades, poderíamos um dia ajudar a restaurar os membros e órgãos internos das pessoas.

- Então, vocês tiveram sucesso? - Orrin perguntou.

- Havia uma mulher, Walterine Shabazz. Ela estava sofrendo de uma extensa deterioração de órgãos como efeito colateral de sua luta contra o câncer de pulmão. Ela era como uma dessas mulheres que você vê nessas propagandas antitabagismo. Ela respondeu positivamente ao tratamento e eu diria que salvamos sua vida.

- Ela não poderia ter recebido um tratamento melhor no Bellevue?

- Não do tipo que demos a ela. Ela não teria como pagá-lo e o sistema não teria como fornecê-lo. Muitos de nossos recursos foram pagos do nosso próprio bolso. Além disso, havia muitos procedimentos experimentais que o hospital nunca teria sancionado.

- Como por exemplo? - Tommy enrugou a testa - Colocar um braço robótico em Jerome Browne?

- Ninguém poderia entender o que aconteceu, como tudo começou e como tudo funcionou. - Noah baixou os olhos desanimado.

- Dê-nos uma chance. - Orrin deu de ombros - Nós temos tempo, e você também.

- Tudo bem. - Noah cedeu - É, acho que sim.

Noah relembrou o natal do ano anterior, logo após a graduação e o início de sua residência no Hospital Bellevue. Os quatro foram ao Lillie's Union Square, um bar e restaurante com temática vitoriana não muito longe do hospital. A multidão estava envolvida pelo espírito natalino e os amigos estavam curtindo a celebração. Eles se sentiram um pouco constrangidos ao pedirem bebidas sem álcool, mas se confortaram com o fato de que estavam pagando quase o mesmo que pagariam em uma cerveja barata.

- Um brinde ao sucesso! - Adam ficou filosófico enquanto todos erguiam suas taças - Passamos nossas vidas inteiras juntos tentando encontrar esta porta e aqui estamos. Batemos e eles nos deixaram entrar.

- A jornada apenas começou! - apontou Abe, um homem atarracado de cabelo preto envelhecido prematuramente - Temos passado tanto tempo no hospital que não temos uma reunião de equipe decente há semanas. E agora com esses feriados, *oy vey*!

- *Oy vey*? - Isaac, um homem alto, atlético, de cabelo preto grosso e encaracolado, o repreendeu - *Oy vey*? Você apenas não só se parece com seu pai, mas agora está começando a soar como ele! Se continuar assim, os *goys* vão riscá-lo de suas listas de natal por respeito às suas crenças!

- Isso seria terrível. - Abe zombou - Isso significa que não vou poder trocar uma gravata feia por um par de meias e cuecas.

- Bom, talvez o resto de vocês tiveram seu tempo comprometido por suas famílias e suas obrigações, mas nós, solteiros, fomos capazes de dedicar nossos bons momentos a coisas menos importantes. - Adam era o único com uísque no copo - Eu finalmente fiz uma descoberta no Projeto X.

- O que você quer dizer com "uma descoberta"? - Isaac olhou para ele.

- Acho que você terá que ir até a casa para descobrir. - Adam sorriu misteriosamente.

- Pensei que tivéssemos concordado em abandonar esse. - Abe semicerrou os olhos - Não repassamos todas as ramificações espirituais com o rabino? Sempre concordamos que nunca faríamos nada que violasse os princípios do Talmud.

- Eu não concordei com nada, o resto de vocês sim. - Adam salientou - Ciência e religião sempre estiveram em desacordo. Já repassamos isso várias vezes. Se você queria se firmar em bases religiosas, deveria ter ido a Yeshiva. Além disso, o Talmud não fala que é tudo sobre o bem maior da humanidade? Tudo bem, suponhamos que causemos alguma dor a alguns animais, ou que nos arrisquemos e acabamos falhando em alguma coisa. Mas estamos olhando para o resultado a longo prazo, meus amigos, um futuro onde ninguém morre ou vive uma vida enfadonha por causa da perda de um membro ou de um órgão. Nada na vida é alcançado sem dor ou perda, pelo menos nada que valha a pena.

- Jamais esquecerei daquele coelho que saiu da anestesia tentando mastigar a própria pata por causa da dor. - Isaac olhou fixamente para o balcão do bar - Isso não é ciência. Isso é o Doutor Mengele em Auschwitz.

- Já superei isso. - Adam respondeu - Por que não pegamos um táxi até minha casa para vermos onde estou agora?

Os amigos obedientemente terminaram suas bebidas e abriram caminho através da multidão, caminhando pela calçada coberta de neve e chamando um táxi. Cada um tinha pensamentos confusos sobre Adam ter continuado a trabalhar por conta própria. Ele era o mais entusiasmado do projeto, embora Isaac fosse o último a desistir da joint venture, por qualquer motivo. Isaac tinha sido chamado para realizar uma cirurgia reparadora em algumas das vítimas mais lamentáveis de queimaduras que se possa imaginar. Houve pouco progresso em ajudar essas pessoas a progredir além do horrível e terrível, e qualquer coisa extra que ele pudesse trazer para o campo era uma coisa boa.

Dos quatro, Abe era o mais estável, porém o mais cauteloso ao seguir o caminho escolhido. Aos trinta anos, ele era o mais velho do grupo e tinha uma esposa e quatro filhos para sustentar. Como cirurgião de nervos periféricos, ele tinha equipamentos de última geração e as últimas informações de pesquisa e desenvolvimento em suas mãos. Embora fosse um mero residente, ele não previa nenhum atraso indevido em progredir rapidamente na hierarquia e se tornar um líder no campo. Ele viu muitos médicos titulares indecisos e hesitantes à mesa, assustados com a perspectiva de fazer muito ou pouco e serem atingidos por um processo de negligência que destruiria suas carreiras. Embora ele não fosse um ativista de forma alguma, seu pai sempre lhe ensinou que a procrastinação e a hesitação eram dois dos pecados mais mortais. Independentemente do certo ou errado, sempre há um compromisso na hora da decisão. Abe Javits não tinha nenhum problema em manter suas decisões, e apenas esperava que ficar com seus amigos nessa empreitada não fosse uma má ideia.

Era o próprio Noah o elo mais fraco da corrente. Ele era exatamente o oposto de Abe em vacilar e ser inseguro, e contava com o apoio de seus amigos para superar os momentos difíceis. No entanto, ele era considerado por eles como o mais tecnicamente proficiente em ser capaz de interpretar novas teorias e ideias e aplicá-las no campo. Muitas vezes eles se pegavam levando artigos de revistas médicas para ele interpretar. Ele podia ler nas entrelinhas e dar a eles a visão de que precisavam para resolver uma situação com a qual estavam lidando no hospital.

Eles chegaram à brownstone de Adam na Grace Court com vista para o Brooklyn Heights Promenade que seu pai havia comprado ao longo da vida e valia milhões no mercado em expansão atualmente. Adam, o pai, remodelou completamente a casa e transformou o térreo no sonho de um corretor de imóveis, enquanto transformava o segundo andar em um apartamento para Adam e reservava o terceiro para ele e sua esposa. Após a morte do pai, Adam manteve o último andar em formato palaciano enquanto transformava o porão em um laboratório de pesquisa. Os quatro amigos se encontravam lá para trabalhar em seus projetos conjuntos, mas não se reuniam desde setembro quando iniciaram suas residências em Bellevue.

- Mm-wwoo-ahhhahahahah! - Isaac colocou seu melhor sotaque Bela Lugosi quando passaram pela porta do porão sob a escada superior - Bem-vindos ao laboratório Rauch!

- Onde está o Igor? - Abe tentou parecer alegre - Você deveria demiti-lo. Aqui embaixo cheira como uma caverna.

- Falem baixo, pessoal. - Adam insistiu - Minha mãe tem audição de morcego.

- Talvez ela se transformou em um e começou a andar por aqui. - Abe brincou, recebendo uma leve cotovelada nas costelas de Adam - Ei, cuidado, eu ainda posso chutar o seu traseiro.

- Só se for em seus sonhos, meu velho. - Adam acendeu a luz fluorescente, revelando a área de pesquisa surpreendentemente espaçosa, com duas mesas de dissecção de alumínio, prateleiras cheias de produtos químicos, béqueres, frascos e vários acessórios. Havia uma estante repleta de livros de medicina ao lado de uma área de trabalho com dois computadores. Ao longo da parede oposta havia gaiolas reservadas para animais de laboratório, embora apenas uma parecia estar ocupada naquele momento.

- Vamos lá, pessoal, dêem uma olhada.

Os três foram até à gaiola e espiaram o animal adormecido. Eles viram um coelho dormindo em um ninho de jornal rasgado e, ao inspecioná-lo, viram o que pareciam ser duas patas traseiras pretas sob a sua barriga, branca como a neve.

- Oh, meu Deus, Adam! - Isaac balançou a cabeça - Você não desiste nunca, não é mesmo?

- Ele está em boa forma após duas semanas. - Adam disse com orgulho - O corpo não está rejeitando os membros e ele não está mostrando sinais de desconforto. Os membros não estão funcionais, mas, novamente, eu não tinha o Abe aqui para fazer a cirurgia nos nervos.

- Então, o que isso prova? - Abe exigiu - Você pode colocar as pernas de volta em alguém, mesmo que elas não funcionem? Acho que a maioria dos amputados que voltam do Afeganistão irão preferir as mecânicas. Pelo menos eles podem correr com elas.

- Olhe atrás de você. - Adam sugeriu.

Os três homens viraram-se e viram um gato preto tropeçando para cumprimentá-los. Era perceptível que ele mancava das patas traseiras, ambas eram brancas das juntas às patas. Ele se aproximou e começou a se esfregar carinhosamente neles.

- Puta merda! - Abe se agachou e começou a inspecionar o gato. Ele conseguia sentir as incisões cirúrgicas onde as patas traseiras estavam presas, mas não conseguia discernir nenhuma anormalidade. Se não fosse pela cor, a operação teria parecido um esforço bem sucedido para recolocar dois membros decepados. - Você fez isso sozinho?

- Eu não poderia ter feito isso sem vocês. - Adam sorriu com orgulho - Senhores, vejo isso como um sinal verde do Todo-poderoso. Não há razão na Terra para que isso não continue. Estamos prestes a realizar alguns dos avanços mais inovadores da história da medicina.

- Ok, ainda estou dentro. - Isaac consentiu enquanto ele e Noah se ajoelhavam para inspecionar o gato - Vamos apenas terminar o Hanukkah para eu não sair de casa ao pôr-do-sol. Até o hospital está fazendo essa grande concessão.

- Ei, eu sei que você e Abe têm família, mas pelo menos o Noah pode vir e ajudar. Tudo bem para você, Noah?

- Claro! - Noah deu de ombros.

- Agora que passamos pela fase mais difícil, precisamos encontrar um novo local de trabalho. - Adam insistiu - Um local onde possamos interagir com a comunidade e aplicar nosso conhecimento na prestação de serviços. Pense nisso como uma unidade MASH[3], improvisando e adaptando-se enquanto fazemos uma cirurgia rápida.

- Espere aí! - Isaac fez uma careta - Você está falando de trabalhar sem licença fora de uma instalação aprovada? Se formos pegos, nunca mais exerceremos a medicina.

- Tudo o que eu peço é que me escute. - Adam insistiu.

Eles foram para a área de descanso que ele havia criado, que se parecia com uma sala de espera em um consultório médico, sentaram-se e ouviram a apresentação de Adam. Eles debateram noite adentro até que, finalmente, concordaram em continuar perseguindo um sonho que acabaria se tornando um pesadelo demoníaco.

CAPÍTULO DOIS

- Você acredita nessa merda?

- Vou te dizer uma coisa, certeza que o júri vai acreditar. - Tommy Jackson respondeu quando os dois detetives deixaram a MCC naquela tarde.

Eles foram até o Manitoba's no Lower East Side, um clube de rock com tema punk que os dois frequentavam nas horas de lazer. Assim como colegas de trabalho em todos os setores, os companheiros de equipe tentaram encontrar algo em comum para estabelecer uma ligação. Apesar de suas diferenças culturais, o rock and roll funcionou para os dois.

Eles pediram chopp e sentaram-se em um sofá booth no bar mal iluminado, quase deserto, exceto por um casal de universitários e alguns moradores locais antes que os estilosos começassem a aparecer. Tommy queria fumar, mas não sentiu vontade de ficar parado na frente do bar como um viciado em nicotina entregando-se ao vício. Ele se lembrou dos dias em que seu pai (que morreu de câncer de pulmão) era capaz de acender um cigarro no bar antes de toda aquela porcaria da ecologia yuppie se tornar a lei do país.

- Defender-se individualmente será a melhor jogada deles. - Orin salientou enquanto bebia sua cerveja escura Moose Drool - Quando o júri vir aquele pobre idiota lá em cima parecendo um cervo sob os faróis, vão pensar que ele foi enganado. Eles vão querer avaliar os outros e, no momento, estou apostando no Rauch. Você ouviu Birnbaum - tudo começou no laboratório do porão de Rauch. O promotor vai pintar ele como o Barão Frankenstein.

- Sim, e Birnbaum será o único que abrirá o buraco para os outros. - Tommy contemplou a bunda de uma das universitárias - Os advogados judeus deles vão se concentrar no que for possível para tirar Birnbaum da reta, e vão tentar fazer um acordo na apelação. Neste momento, parece que o público está dividido ao meio. A minoria e a maioria dos liberais querem vê-los enforcados. E muitas das outras pessoas estão acreditando nas merdas do Doutor Cyclops.

- Você não acredita nisso. - Orrin olhou para ele.

- Vamos, Rampersad, - Tommy fez uma careta involuntária - um médico louco os ensina a fazer todos aqueles experimentos estranhos, mas é ele quem realmente intervém e faz o trabalho sujo? É uma criança parada ao lado de um pote de vidro quebrado, com migalhas por todo lado, dizendo que foi o Cookie Monster.

- Então, como é que quatro nerds do Brooklyn Heights convencem Jerome Browne e Geri Lindsay a irem a um porão de *brownstone*[1] em East Harlem para uma troca de peças? - Orrin insistiu - Estamos falando de um superastro da NBA e de uma modelo internacional, pessoas completamente diferentes. Ambos disseram que foram atraídos para locais de encontro, depois foram drogados e sequestrados. Nenhum deles entra em detalhes sobre quem eles conheceram e por qual motivo; é tudo sobre amigos de amigos. Nós dois sabemos que se trata de drogas, mas como é que aqueles quatro idiotas se envolveram com drogas?

- É por isso que eles escolheram o East Harlem. - Tommy arriscou - Idiotas ou não, eles têm que saber que o dinheiro fala e que as bobagens andam com os drogados. Eles começam a mostrar o seu dinheiro descartável lá em cima e têm muitos negros no gatilho, assim como viciados que farão tudo o que pedirem para a próxima dose. Contanto que não interfiram nos negócios de ninguém, os traficantes não prestarão atenção. Especialmente se os médicos estiverem comprando cocaína para manter seus serviçais satisfeitos.

- Isso é muito grande, cara! - Orrin declarou balançando a cabeça - Como o Chefe Madden espera que abracemos algo assim?

- Eu digo que devemos permanecer no topo e trabalhar nossa descida. Ainda temos os outros três médicos para entrevistar, então falamos com Patch e Combo. Assim que tivermos informações suficientes, podemos visitar Browne e Lindsay. Acho que até lá teremos o suficiente para fazer algumas prisões. Se conseguirmos estabelecer a conexão da droga, devemos ter o suficiente para chegar ou quebrar o esquema do Doutor Cyclops.

- Eu aposto dez dólares que o Doutor Cyclops foi um de seus mentores do colégio ou da universidade, que os treinou nesse caminho. - Orrin o desafiou.

- Aposta feita! - Tommy deu um sorriso torto

enquanto bebia sua Guinness - O único monstro caolho que eles verão quando esta investigação acabar é o meu pau. Vamos jantar e depois vamos falar com Abe Javits.

～

Mais tarde, eles concordariam que Javits parecia uma versão juvenil de Ed Asner. Ele era baixo, um homem robusto com o comportamento resignado de alguém que tinha aceitado seu destino como uma conclusão inevitável. Ele estava taciturno no início, certo de que os detetives iriam tentar induzi-lo a dizer algo que eles poderiam usar contra ele no tribunal. Só depois que eles o convenceram de que estavam apenas continuando de onde Birnbaum havia parado, é que ele se soltou um pouco.

- Então, isso deve ter assustado vocês. - Tommy tinha levado café para os três - Ver um coelho e um gato andando com patas transplantadas. Deve ser ainda mais alucinante para vocês que são médicos. Sabendo tanto quanto você sobre essas coisas, o impressionou ainda mais do que qualquer outra pessoa fora do ramo, que pensaria que foi apenas mais um avanço científico.

- Bom, ninguém pensou nem por um minuto que iria funcionar em seres humanos. - Javits passou a mão pelo cabelo ralo e grisalho - Havia muitos testes que precisavam ser executados. Sabíamos o quanto Adam queria que funcionasse, e imaginamos que ele poderia ter encoberto alguns de seus diagnósticos pós-operatórios. Mesmo assim, todos nós pegamos o gato e verificamos seus dedos, e acho que todos nós provavelmente demos uma beliscada nas coxas dele para ver se ele sentia alguma coisa. Era bom demais para ser verdade. Tinha que haver uma falha em algum lugar e não tivemos escolha a não ser continuar de onde paramos. Foi uma progressão incrível para além de onde esperávamos estar naquele momento. Ainda assim, havia muito trabalho à nossa frente, todos sabíamos disso. Quando ele nos contou sobre a brownstone, a primeira coisa com que todos se preocuparam foi o investimento, o tempo e o dinheiro. Ele nos disse que custava cerca de 200 dólares por mês para cada um, e não ficamos muito felizes com isso. A pior parte era ter que dirigir até aquele gueto algumas vezes por semana para ajudar.

- Então, conte-nos como foi quando você conheceu o seu novo ambiente de trabalho. - Orrin perguntou - Como o Harlem parecia depois de passar a maior parte de sua vida entre Brooklyn Heights e Greenwich Village?

- Uma merda, meu amigo. - Javits olhou para ele - Uma merda.

Ele se lembrou da corrida de táxi para a East 137th Street com a Lenox Avenue com seus três amigos logo após o Dia do Trabalho do ano passado. Era fim de tarde e eles tinham acabado de sair de seus turnos. Adam tinha planejado para que eles pudessem ver o lugar e então sair para jantar e tomar uma decisão. Ele ligou para o proprietário do prédio com antecedência e pagou ao taxista para esperar por eles, para que não parecessem alvos fáceis para os ladrões quando voltassem para a rua.

Apesar de que a prefeitura decretou na campanha bem-sucedida da cidade de retomar o Harlem Oriental e renovar o bairro, sinais de degradação eram visíveis em todos os lugares. Todas as lojas foram fechadas e os balcões foram protegidos por dentro com acrílico. Os edifícios foram pichados, o que servia para delimitar o território das gangues. Moradores de rua empurravam carrinhos cheios de objetos pessoais ao longo da calçada, convivendo com drogados que corriam de um lado para o outro, tentando achar compradores para a próxima dose. Membros de gangues e afiliados perambulavam pela rua, e o carro preto de modelo atual estacionado em frente ao táxi despertou o interesse deles.

Stu Shapiro saiu do carro preto e foi ao encontro dos médicos cautelosos assim que eles saíram do táxi. Eles trocaram cumprimentos antes que Shapiro os levasse até o prédio de portas de aço e, então, os conduziu ao longo do corredor estreito do piso térreo, onde ele mostrou a eles a área dos fundos.

- Veja, aqui está o elevador de carga de que eu estava falando. - Shapiro abriu a porta de madeira deslizante na parede dos fundos. Ele era um homem alto, loiro e com uma natureza afável - É um pouco antigo, mas, como discutimos, se vocês quiserem usá-lo assim mesmo ou remodelá-lo, por mim tudo bem. Se quiserem ampliá-lo, modificá-lo, transformá-lo em um elevador, ou apenas ajustá-lo para transportar coisas para cima e para baixo, vão em frente. Apenas certifiquem-se de que toda a fiação retorne ao seu relógio para que eu não seja acusado, ok?

Ele destrancou a porta de aço que levava à área do porão, e acendeu a luz para conduzi-los pelos degraus estreitos. Eles desceram e não ficaram tão impressionados com o trabalho desleixado dos ladrilhos e do revestimento na área espaçosa. A área tinha cerca de 60'x30' com uma divisória de má qualidade que criava uma antesala ao longo do lado leste. O local cheirava a mofo e gesso fresco, junto com um toque de repelente.

- Como eu disse, eu não sei o que fazer aqui, então qualquer reforma que queiram fazer, vão em frente. Tenho que deixar como está. A canalização foi reformada com PVC, mas o cobre original ainda está nas paredes. Este é um dos motivos pelos quais temos que manter as portas trancadas, porque houve incidentes de invasões por pessoas que tentaram arrancar os canos de cobre. Verifiquem sempre a porta da frente quando estiverem entrando ou saindo. A porta aqui é sólida. Alguém teria uma chance melhor de entrar pelas escadas para chegar até aqui do que por aquela porta.

- Ok, vou ficar aqui com os meus sócios e amanhã cedo eu ligarei para você. - Eles apertaram as mãos mais uma vez.

- Sabe, quando um médico diz que vai te ligar logo pela manhã, geralmente isso não é muito bom. - Shapiro fingiu exasperação antes de rir e dar uns tapinhas de leve no ombro de Adam - Não, não tenha pressa. Como eu disse, eu simplesmente peguei este lugar e desisti de reformá-lo. Já aluguei o último andar para um cara do teatro. Estou tentando trazer profissionais para cá. Vou alugar o terceiro andar a seguir, depois o segundo e então este. Tudo leva tempo, você sabe como é. Mas se quiser tentar, eu passo por aqui com a papelada e as chaves; é só ligar para mim.

Quando eles saíram, ficaram surpresos ao ver um carro da polícia estacionado em fila dupla ao lado do Cadillac de Shapiro.

- Esses caras são do 25º Distrito Policial. - Shapiro explicou enquanto acompanhava os médicos até o táxi

- Eles são bem legais. Eles dão uma passada aqui se vocês ligarem para eles. É só não exagerar, vocês sabem o que quero dizer.

Shapiro se aproximou para conversar com os policiais enquanto os médicos examinavam o território sombrio. O taxista começou a queixar-se para Adam, que tirou outra nota da carteira e a passou pela janela do carro.

- Então, o que vocês acham? - Adam perguntou a eles.

- Eu acho que você é um *meshugenah*[2]. - Abe bateu em sua têmpora - Minha esposa me pergunta onde vou estar, então direi a ela para pegar um táxi até a 137th com a Lenox e, em seguida, é só seguir os urubus.

- Ei, *você que é* o único urubu de Nova York. - Adam zombou - Olha, se conversarmos com algumas pessoas daqui da comunidade e conseguirmos que algumas delas fiquem de olho no lugar, será perfeito. Quando nos virem transportando os animais de laboratório para dentro e para fora, diremos às pessoas que somos groomers ou algo parecido. Ninguém do Heights ou do Village saberá que estamos aqui. Há muito espaço lá embaixo, por isso, se investirmos e reformá-lo, podemos transformá-lo em um local de trabalho decente. O que vocês me dizem?

- Ei, amigos, um de vocês tem um dólar para que eu possa comer alguma coisa?

Por um acaso do destino, foi assim que Patch entrou na vida deles.

A mulher negra tinha cerca de um metro e meio de altura, uma sósia da Whoopi Goldberg de cabelo trançado e emaranhado. Ela usava um tapa-olho no olho esquerdo e sua pele estava coberta de feridas.

- Você mora por aqui? - Adam perguntou.

- Claro que sim, aqui nesta rua. - Ela respondeu - Diga-me, vocês são da cidade?

- Não, senhora, podemos ser os novos inquilinos daqui. Eu sou o Adam e estes são os meus amigos.

- Meu nome é Walterine. As pessoas por aqui me chamam de Patch[3], por causa disto, entende?

- Ok, Patch. Somos novos por aqui e esperávamos conhecer alguém que pudesse nos ajudar a conhecer a vizinhança. Talvez até para ficar de olho no prédio enquanto estivermos fora. Você conhece alguém por aqui que possa nos ajudar?

- Oh, eu conheço todo mundo daqui. - Ela parecia entusiasmada - Eu fico por aqui o tempo todo. Com certeza, eu sou a pessoa certa para vocês.

- Eu vou te dizer uma coisa, Patch. - Adam tirou uma nota de cinco dólares de sua carteira, fazendo com que o olho vermelho dela se arregalasse - Se decidirmos nos mudar, talvez eu tenha uma oportunidade para você. Você consideraria ficar aqui à noite por, digamos, vinte dólares por semana? Você teria que ficar trancada por cerca de mais ou menos oito horas, mas haverá um banheiro disponível, um lugar para dormir, comida e água. Mais aquecedor no inverno.

- Então, você vai me deixar trancada, assim como no abrigo.

- Sim, mas você terá o lugar só para você. Eventualmente, será mais agradável quando trouxermos alguns móveis, como uma TV e tal.

- Ei, e por que não?

- Ótimo. - Adam apertou a mão suja dela - Eu encontro você aqui amanhã a esta hora e acertaremos tudo.

Seus três amigos estavam com dúvidas enquanto se dirigiam ao Starbucks perto da NYU para se lamentar. Quando chegaram ao café, Abe era o mais vociferante de todos:

- Então, você vai trancar aquela traficante de rua com o nosso equipamento à noite? - Abe vociferou - Você não assiste televisão? Alguma gangue vai dar a ela um celular, e ela tirará fotos de tudo o que temos lá embaixo. Eles vão esperar até levarmos tudo, então chegarão com espingardas e nos limparão sob a mira de uma arma.

- Isso é o que chamamos de "brainstorming". - Adam inclinou-se sobre a mesa na direção dele - Pense nos piores cenários, e então é só fornecermos as soluções. Vou mencionar isso a ela, e vou revistá-la antes de trancá-la lá dentro. A confiança terá que ser recíproca. Ela tem que aprender a confiar em nós assim como nós nela. Também temos que apelar para suas fraquezas. Comida, abrigo, dinheiro e mais algumas regalias de vez em quando. É como domesticar um animal selvagem, é um processo gradual. Além disso, os benefícios são enormes. Se ela nos ajudar a nos conectar com outras pessoas da rua, elas poderão ajudar a vigiar o lugar, além de serem nossos olhos e ouvidos. Eles também poderão nos ajudar a conseguir algumas coisas que precisaremos para nossa pesquisa.

- Que coisas? - Isaac perguntou duvidosamente, colocando creme em sua xícara.

- Voluntários para nossa pesquisa. - Adam disse de maneira relutante - Além de narcóticos.

- *O quê?* - Abe exigiu, atordoado - Chega, estou fora.

- Olha, sejam sensatos. - Adam insistiu enquanto

os outros eram pegos de supresa - Vocês viram na minha casa como isso funciona. Irá envolver cirurgia uma hora ou outra, e vocês viram o que aconteceu naquele experimento com o primeiro coelho algumas semanas atrás. Vocês vão querer alguém tentando cortar uma de suas extremidades se algo der errado? E quanta morfina vocês acham que poderemos roubar de Bellevue antes que alguém perceba? É isso pessoal. É agora ou nunca. Fui eu que nos meti nessa situação. Agora, todos nós teremos que jogar como uma equipe para nos mantermos.

- Estaremos pisando em águas profundas, e tenho certeza de que todos aqui também perceberam isso. - Isaac deu um gole em seu café - Abe está tão preocupado com os riscos quanto Noah e eu. Não arriscaremos apenas nossas carreiras, como também poderemos arriscar passar um tempo na prisão. Estou pensando que talvez você deva liderar a operação. Se você estiver disposto a fazer todo o trabalho pesado, então essa será uma troca justa pela nossa cooperação. Iremos contribuir com tudo o que pudermos, mas você colocará o seu nome no contrato e lidará com os moradores de rua.

- Se você for pego por causa dos narcóticos, teremos que virar as costas para você. Sei que isso soa a sangue frio, mas falo por todos aqui ao dizer que estimamos sua amizade e o amamos como um irmão. Sabemos que você está à beira de algo grandioso, mas não podemos simplesmente arriscar o futuro de nossas famílias, não importa o custo.

- Ok. - Adam cedeu. - Ok. Só quero que vocês percebam o que acontece se entregarmos a bola tão cedo no jogo. Em primeiro lugar, seríamos sancionados por tudo o que já conquistamos.

Conseguem imaginar o que a ASPCA, a PETA e todas as outras agências fariam? Em segundo lugar, o hospital provavelmente nos pressionaria para vender os direitos para alguma empresa de pesquisa. Isso os enviaria para Washington, e eles não receberiam as sanções necessárias para trabalhar com seres humanos por mais de uma década. A nossa hora é agora, meus amigos. Apenas me apoiem nisso. Se querem que eu assuma o fardo da responsabilidade, tudo bem. Isso é muito importante para mim. Entretanto, eu não posso ir sozinho; preciso saber que vocês estão comigo.

- Vou lhe dar um cheque uma vez por mês para o que você precisar, dentro do razoável, e vou voltar a cada duas semanas para fazer o que eu puder. - Abe admitiu - Tenho uma esposa e quatro filhos lindos em casa. Se estivéssemos prestes a descobrir a cura do câncer, minha família ainda estaria em primeiro lugar. Isso nunca será negociável, nunca. Isso é tudo o que posso oferecer, Adam.

- Amém. - Isaac concordou - Se você concordar com isso, então eu também concordo.

- Acho que eu também concordo. - Noah disse.

- Então, o que... você vai deixar esses dois *idiotas* influenciarem você para o resto da sua vida? - Adam franziu a testa para Noah.

- O que você está querendo dizer? - Noah perguntou lamurioso.

- Você vai concordar com esta família feliz e com essa droga de acampamento *seguro?* - Adam zombou - Eu tenho dois gatos esperando por mim para que eu possa costurar a cabeça de um cachorro para eles. *Good Morning America* está esperando para fazer uma reportagem sobre isso. Você pode até acabar na capa da *Rolling Stone*, assim como Dzhokhar Tsarnaev. Use a cabeça, seu *schlemiel*[4].

Noah olhou para ele estarrecido antes que todos explodissem em gargalhadas para quebrar a tensão.

~

- Adam, é você?

Ele subiu as escadas para o apartamento do terceiro andar onde sua mãe morava sozinha em uma brownstone no Grace Court. Ele havia convertido a maioria dos cômodos em instalações médicas, onde dividia seu tempo no porão, conduzindo suas pesquisas. O quarto espaçoso e bem mobiliado dela era o único cômodo que ainda se assemelhava a cômodos residenciais.

- Sim, mãe, já volto.

Ele caminhou até a janela e olhou para a vista deslumbrante do horizonte de Nova York ao longo do East River. Ele se lembrou de como ele e seus amigos sentavam-se no Promenade, ou passeavam sob a ponte do Brooklyn quando eram crianças, fantasiando como eles teriam o mundo em suas mãos um dia. Eles teriam todo o dinheiro de suas carreiras médicas investido na Wall Street, e ele cresceria cada vez mais até que se tornassem milionários em Long Island Sound, navegando em seus iates até o South Street Seaport para jantar todas as noites. Seria tudo muito fácil entre os quatro.

Entre os quatro.

- Adam?

- Sim, mãe. Como a senhora está se sentindo? Gostaria de um copo de leite antes de dormir?

- Que bom que você não disse antes de ir para cama. - Ela brincou, como sempre.

Naomi Rauch era uma mulher atraente na casa dos sessenta anos, que sofreu um derrame que a privou do uso das pernas. Ao encontrar um tumor maligno na mama há dois anos, ela recusou um tratamento médico melhor até concordar em permitir que Adam fizesse uma cirurgia em casa. Desde então, ela não saiu mais de casa, insistindo que Adam assumisse todas as suas necessidades médicas. Ele finalmente decidiu tirar máximo proveito da situação e começou a compartilhar suas visões do futuro com sua mãe. Ela, por sua vez, começou a desviar os investimentos que ela e seu falecido marido deixariam como herança.

- Estes dez mil vão contribuir muito para mudar vidas. - Adam a beijou na bochecha depois que ela lhe entregou o cheque - Vamos poder continuar de onde parei no andar de baixo. A senhora viu o Perky, o gato. Ele está andando bem agora. A senhora deveria vê-lo. Escute-me, mãe, um dia a senhora vai voltar a andar.

- Oh, por favor. - Ela levantou a mão. - Eu já caminhei muito nesta vida. Guarde seus milagres para uma criança que nunca deu um passo. É para essas pessoas que é esse dinheiro. E você me promete que ninguém vai se machucar: nenhum animal ou pessoa; *ninguém.*

- Ninguém vai se machucar, mãe. - Ele beijou a mão dela - Ninguém, nunca. Eu sou médico. Eu fiz um juramento de que salvaria vidas, não vou machucar ninguém.

- Este é o meu garoto. Eu te amo, filho.

- Também te amo, mãe. Vou buscar seu leite.

Ele sabia que estava mentindo para sua mãe. Os

animais tinham sofrido e morrido em seu laboratório, e haveria muitos mais por vir.

No entanto, ele não sonhava, nem em seus piores pesadelos com o sofrimento e a morte que estaria por vir.

CAPÍTULO TRÊS

- Então temos Noah, o bom menino judeu, acompanhando seus amigos, sendo arrastado e caindo no buraco do inferno. O honesto do Abe segue logo atrás dele, enviando os cheques e verificando os pacientes duas vezes por semana. Quem está faltando além de Isaac Vadim e o próprio Rauch? - Tommy Jackson perguntou, dando uma última e longa tragada em seu Lucky Strike antes de atirá-lo contra a parede do estacionamento, onde ele havia estacionado ao lado de Orrin Rampersad - Você consegue enxergar aonde isso vai dar, não consegue? Eles vão continuar passando a bola. Vadim vai passar adiante e então Rauch joga tudo no Cyclops, que não existe. Eles armaram para que nós ficássemos perseguindo nossos rabos. Você ouviu como eles planejaram tudo antes de entrarem na faculdade de medicina. Você acha que eles nunca se sentaram sob a ponte do Brooklyn, e conversaram sobre o que fariam se um deles se transformasse no Richard Kimble?

- Quem? - Orrin perguntou, confuso.

- *O Fugitivo*. - Tommy respondeu - Você não assistia canais americanos de onde você veio?

- Vá se ferrar! - Orrin riu - Então, por que não voltamos e contamos isso ao Willard?

- Nem pensar. - Tommy tirou um cantil de uísque do bolso interno de sua jaqueta de couro, e tomou um gole antes de passá-lo para Orrin - Estamos obtendo a história em primeira mão; ninguém tem mais dessa história do que nós. Você pode sair na rua daqui a um mês e levar um tiro na cabeça, que você poderá se aposentar e vender essa história para a *Playboy*. Além disso, é muito melhor do que investigar uma sala cheia de vítimas de tiroteio.

- O que acontece quando descobrirmos que existe um Cyclops? Se Rauch não desistir dele, a chance de cumprir prisão perpétua é maior. Por que não falamos com o Rauch a seguir?

- Rauch será o próximo com quem falaremos e não há razão para nos metermos com Vadim. Uma boa investigação é como um bom vinho; você raramente se depara com um. Você tem que tomar um gole, girar e saborear. Vamos com calma, amanhã na hora do brunch falaremos com Vadim, e então deixamos o Rauch para o jantar.

- Parece uma boa ideia. - Orrin estremeceu com o gole de Jack Daniels. Eles não comiam nada desde que se encontraram naquela manhã no MCC.

Tommy chegou ao seu apartamento de três cômodos na Prince Street pouco depois das dezenove horas daquela noite. Ele estava irritado por estar gastando um terço de seu salário com o aluguel daquele lugar, mais uma boa quantia por ano só para estacionar seu Camry. Ele nunca sonhou que poderia ganhar 90 mil dólares por ano. Ele mal conseguia ganhar isso. Com duas filhas que ainda não estavam na escola, sua esposa estava ficando em casa de comum acordo. Seria bom quando ela pudesse voltar ao trabalho, mas até lá, ele só tinha que sorrir e aguentar.

- O papai chegou! - ele gritou e essa foi inevitavelmente a melhor parte de seu dia.

As meninas, Lorraine de cinco anos e Deirdre de dois, correram para seus braços quando ele se agachou para cumprimentá-las. Ele as abraçou e as beijou antes de levantar-se para cumprimentar Maureen.

- Como foi seu dia? - Maureen, uma adorável americana irlandesa de cabelo cor de mel, acariciou seu rosto - Você parece cansado.

- Eu passei no MCC para ver os cientistas malucos entre algumas doses com o cara novo. - Tommy tirou a jaqueta e pendurou ela no cabideiro perto da porta - O que tem para o jantar?

- Guisado irlandês. - Ela respondeu, pegando a jaqueta dele e pendurando-a no armário como ela sempre fazia quando ele voltava para casa - Quer uma cerveja?

- Guisado de novo? - ele sentou-se à mesa da cozinha enquanto as meninas voltavam para a televisão na sala de estar pequena porém aconchegante.

- Ninguém foi às compras neste final de semana, lembra? - ela o repreendeu - Se você quiser cuidar das garotas um pouco, posso correr para buscar algumas coisas.

- Não, amanhã quando eu sair eu vou. - Ele esfregou os olhos, desabotoando a camisa. - Quem imaginou que a Homicídios seria assim?

- Você está nisso há três anos. Você já conversou com muitos dos caras mais velhos. Você conhece a rotina. - Ela serviu uma tigela de guisado e colocou-a no microondas.

- A vida está uma bagunça. - Ele fez questão de modificar seu vocabulário, pois haviam combinado que não haveria palavrões em casa depois que as meninas aprendessem a falar - Esse é o problema, não é o trabalho. É a economia, a sociedade e a forma como o mundo está hoje em dia.

- O que você sempre disse sobre não soarmos como os nossos pais? - ela cortou uma fatia de pão de soda caseiro e fresco. Apesar de ter duas filhas, ela era incrivelmente magra e poderia se passar por uma universitária se não fosse pelas linhas de preocupação por ser a esposa de um policial.

- Você sabe que vou gastar uns cem dólares no supermercado e sairei com apenas o suficiente para até à próxima semana. - Ele resmungou - Às vezes, acho que você tem razão - deveríamos ter ficado no Brooklyn.

- Nós ainda podemos voltar, você pode ser transferido, você tem um cargo e tempo de serviço. Podemos ficar com meus pais até nos acertarmos.

- Nem pensar. - Ele deixou seus cotovelos caírem sobre a mesa e, cansado, massageou seu couro cabeludo - Ei, nós estamos aqui. Tenho que contar minhas bênçãos. Colocamos as crianças na escola daqui, podemos mandá-las para a *High School of Arts and Design* ou para a *Gramercy Arts*. E, então, elas poderão ir para a NYU. Assim que elas saírem de casa, nos mudaremos para a Flórida e viveremos como um casal rico de judeus pelo resto de nossas vidas.

- Sim, o Grande Sonho Americano de Thomas Jackson. - Ela assentiu com a cabeça, colocando a tigela de guisado em frente dele, junto com o pão e uma fatia de manteiga em um prato separado - Isso, é claro, se as meninas ainda gostarem de pintar e desenhar quando terminarem a escola primária.

- Ei, você tem que apoiar os sonhos delas, ajudá-las a desenvolver aquilo em que são boas. - Tommy saboreou uma colher cheia do excelente guisado de Maureen - Se meu velho tivesse me mostrado que há mais coisas na vida além de beber, quem sabe?

- Você me disse que sempre foi bom em bater nas pessoas. - Ela serviu-lhe um copo de água gelada - Talvez você poderia ter se tornado um boxeador.

- Aah! - ele deu de ombros - Homem rico, homem pobre, mendigo e ladrão. Sabe, aqueles judeus me fizeram pensar. Quero dizer, aqueles quatro, olhe para eles. Eles tinham tudo a seu favor e acabam na merda...

- Olha a boca!

- Sim, sim. De qualquer forma, você se pergunta onde está a justiça em tudo isso. Aqui estou eu, me matando, tentando dar uma vida boa para minha esposa e filhas e esses caras recebem tudo em uma bandeja de prata. Então eles se viram e jogam no vaso sanitário. Uma coisa eu te digo, talvez você deveria ter frequentado mais os Heights e se casado com um judeu rico.

- Bom, acho que foi uma pena eu gostar de caras durões. Irlandeses durões. - Ela disse, apertando seu ombro enquanto ficava atrás dele.

- Sim, sorte a minha. - Ele pegou a mão dela e a beijou.

- Eles são todos esnobes e arrogantes? - Ela perguntou, sentando-se à mesa ao lado dele - Você nunca fala muito sobre as pessoas que entrevista.

- Não, esse é o problema. - Tommy mordeu um

pedaço do pão com manteiga - Eles são caras comuns, com esposas e filhos, preocupados com seus empregos, apenas tentando fazer como nós. Eles estão me explicando como tudo começou, e eu ainda tenho mais algumas entrevistas para fazer, mas ainda não consigo entender como foi que eles foram do Ponto A para o Ponto C.

- Não é sobre eles serem judeus, é?

- Não, eu só estou comentando. Meu parceiro é um índio ocidental, do que você está falando? Eu sou como o Dirty Harry, eu odeio a todos igualmente.

- Que bom. Fico feliz que você não esteja se tornando um antissemitico.

- É antissemita, boba. - Ele estendeu a mão e tocou amorosamente no nariz dela com o dedo - Não, eu simplesmente não consigo acreditar no que eles fizeram. Quanto mais eu sei sobre eles, menos sentido faz.

- Bom, alguém colocou um braço robótico em Jerome Browne, amputou a perna de Geri Lindsay, e fez sabe Deus o que com aquele homem, o Combo. - Ela balançou a cabeça - Conseguiu alguma pista sobre o Doutor Cyclops?

- Você parece o Rampersad com esse lance do Cyclops. - Ele semicerrou os olhos para ela - Você deve estar lendo aqueles tabloides de novo.

- Como? Com os meus binóculos? Eu não saio de casa há quatro dias.

- Ok, então vamos colocar a Rainy na pré-escola e a Dee no jardim de infância, daí você poderá ficar fora o dia todo.

- Ah, pare com isso! Agora é tarde demais e já discutimos sobre esse assunto. Tudo o que eu quero dizer é que deve haver mais do que a mídia está nos mostrando. Você está lá dentro com eles, Tommy, você falou com eles. Você acabou de dizer que eles são pessoas comuns. Apenas monstros poderiam fazer o que a mídia está dizendo que eles fizeram.

- Caramba, isso estava bom. - Ele colocou a tigela de volta na mesa depois de comer até os últimos pedaços – Agora, a sobremesa.

- O que você vai querer? - Ela perguntou.

Ele levantou-se, pegou a mão dela e piscou.

- Não, isso não. Estou com dor de cabeça.

- Por que não?

- Não, pare. - Ela levantou-se, protestando - As meninas ainda estão acordadas.

- Elas não incomodam o papai quando ele está tirando uma soneca.

- Eu ainda nem tive a chance de tomar um banho. - Ela riu enquanto ele a puxava para o quarto deles.

- Eu te amo do jeito que você é. - Ele disse enquanto a porta se fechava atrás deles.

Os dois detetives encontraram-se às 10h da manhã do dia seguinte no MCC, e Isaac Vadim foi levado para encontrá-los em uma das salas de interrogatório. Vadim estava mostrando as tensões do encarceramento e parecia que não tinha dormido muito. Assim como Javits, ele estava desconfiado e taciturno no início. Ele relaxou um pouco depois de descobrir que eles já haviam conversado com Birnbaum e Javits.

- Javits me disse que não pulou de alegria quando vocês alugaram a brownstone. - Tommy afundou-se na cadeira de metal enquanto Orrin ligava o gravador - Como foi a primeira noite que vocês foram lá?

- Pedi ao taxista para ficar lá até eu entrar e dei-lhe mais dez dólares para ele voltar assim que eu ligasse para ele. - Os olhos castanhos de Isaac transbordavam energia, apesar de sua aparência desgrenhada - Eu também configurei meu celular para discar 911. Foi assim que fui da primeira vez e foi assim até o fim.

- No entanto, vocês estabeleceram conexões. - Tommy inclinou-se sobre a mesa e entrelaçou os dedos - Vocês conheceram Patch e Combo. Deve ter tido momentos em que as coisas ficaram mais tranquilas. Você não poderia temer pela sua vida toda vez que fosse lá.

- Eles leram para mim os Direitos de Miranda quando fui levado sob custódia e eu já falei com meu advogado. - Isaac rebateu - Vocês sabem muito bem que eu não tenho que dizer mais nenhuma palavra até que vocês o tragam aqui. Também sabemos que tudo o que eu disser pode ser usado contra mim. Não vou deixar que vocês me levem a incriminar mais alguém.

- Ok, vocês estavam protegidos, vamos colocar dessa maneira. - Tommy deu de ombros - Se vocês não tivessem feito amizades, a gangue da 137th Street teria torrado vocês no espeto. Vamos tentar assim, vamos apenas nos referir a um Traficante como um eufemismo. O gravador está ligado. Vou registrar que o detido não admite que seu conhecido é um traficante. Tudo bem para você?

- Tudo bem, vamos ver no que isso vai dar. - Isaac cedeu.

- Chamaremos de Traficante, então. - Tommy retormou - Presumo que Patch ajudou vocês a estabelecer uma conexão na rua. Adam a colocou como seu cão de guarda, trancando-a no laboratório à noite. Ela ganhou a confiança de vocês, vocês a deixaram confortável e ela disse que vocês estavam bem. Abe nos disse em várias palavras que foi assim que vocês conseguiram voluntários para os experimentos. Já temos os depoimentos de Patch e Combo, além das outras quatro mulheres que foram resgatadas.

- Seu depoimento não vai melhorar e nem piorar as coisas. - Orrin interrompeu - Estamos apenas ajudando a promotoria a colocar seus fatos em ordem. Você é um homem culto e tem que entender que a justiça precisa ser feita aqui. Sete pessoas - pelo que sabemos - ficaram desfiguradas para o resto da vida. Eles não estão exigindo nada aqui, eles apenas têm que enviar uma mensagem. Parte dessa mensagem é que todos merecem um julgamento justo e imparcial. Nosso trabalho é garantir que você receba um. Se você não arrancou os braços ou as pernas de ninguém, ou colocou de volta qualquer coisa que não pertencia a eles, então você deveria dizer.

- Esse é o trabalho de vocês, não é? - Isaac disse maliciosamente - Vocês têm que provar quem tirou o quê e quem colocou o quê de volta.

- Ok, vamos jogar. Foi o Cyclops? O Cyclops entrou e fez todo o trabalho sujo?

- Eu não sei. - Isaac pigarreou - Eu nunca o conheci.

- Então, como você sabe que ele existia? Como você sabe que não foi um personagem idiota que Adam inventou para se proteger?

- Por causa do braço. - Isaac exalou lentamente - Da primeira vez. Adam nunca poderia ter feito algo assim, não sozinho. Independentemente do que ele fez com o coelho e o gato.

- Ok, então me fala sobre o braço.

Isaac se lembrou da noite em que todos foram para a brownstone algumas semanas depois de assinar o contrato. Era uma noite fria de outubro e Patch ainda não havia chegado. Eles destrancaram a porta da frente e ficaram ligeiramente irritados por estar tão frio no corredor. Então eles foram para os fundos e abriram a porta do porão. Adam acendeu a luz e eles desceram a escadaria íngreme até o laboratório.

- Nada mal! - Abe admitiu enquanto eles examinavam o trabalho que Adam havia encomendado. Ele tinha conseguido que algumas pessoas do bairro fossem durante o dia e concluíssem parte do trabalho que a equipe de Shapiro havia feito. A divisão do cômodo foi concluída e o porão inteiro foi pintado de cinza. Eles também notaram que as mesas de metal, prateleiras e armários também já estavam lá dentro.

- Muito bem, agora *o mais importante*. - Adam caminhou até uma longa caixa contra a parede, atrás de uma das mesas ao lado de uma poltrona pesada - Ajude-me aqui, Isaac.

Os dois homens colocaram a caixa em cima da mesa enquanto Adam insistia para que tivessem cuidado. Isaac estimou que pesava cerca de uns quinze quilos. Adam pegou um estilete e começou a abrir a caixa, cortando cada costura até conseguir puxar cada lado para baixo e afastar os grânulos de espuma.

- O que você está fazendo? Construindo um robô? - Noah estava impressionado.

Todos eles se juntaram para observar o enorme

braço metálico que estava sobre a mesa. Havia tiras e fios presos a ele e os médicos puderam ver que era um design exótico.

- Quanto é que isso custou? - Abe se perguntou em voz alta.

- Muito dinheiro. Felizmente, é um produto que pode ser devolvido, mas espero que não tenhamos motivos para querer devolvê-lo. Isaac, você faria as honras? - Adam suplicou.

- Fazer o quê?

- Sente-se, afrouxe sua camisa e deixe-me configurá-lo. - Adam apertou um botão vermelho que pareceu ativar o dispositivo. As luzes pareciam pulsar por todo o membro, como se ganhasse vida própria.

- Configurá-lo? O que você vai fazer? - Isaac estava pronto.

Ele abriu a camisa e sentou-se na cadeira enquanto Adam prendia uma faixa nele com eletrodos posicionados contra suas têmporas. Havia uma faixa que contornava seu peito com uma tira que estava alinhado a sua medula espinhal. Os outros assistiam fascinados enquanto Adam conectava o cabo ao membro na parede.

- Essa coisa viajou uma longa distância e precisa ser recarregada. - Adam explicou - Anexado a um paciente por um tempo considerável, ele permanece carregado pelas correntes elétricas do corpo humano.

- Isso é loucura. - Isaac conseguiu murmurar.

- Ok, agora, preciso que você finja que está prestes a realizar um teste do polígrafo. - Adam acenou para o resto deles - Vamos ficar em silêncio absoluto. Isaac, preciso que você faça isso mecanicamente, como se estivesse tentando mover um membro que está completamente paralisado. Pense no ombro, bíceps, antebraço, pulso, palma da mão e dedos. Seus impulsos cerebrais coordenarão o dispositivo. Se você não seguir a sequência, o braço não será capaz de responder. No início, será estranho e lento, mas assim que você desenvolver um padrão, ficará mais fácil. Ombro, bíceps, antebraço, pulso, palma da mão e dedos. Tente.

Isaac recostou-se na cadeira e fechou os olhos. Os outros assistiam com expectativa enquanto as luzes do dispositivo começaram a piscar para cima e para baixo. Imediatamente, o braço fez um movimento repentino, quase fazendo com que eles saltassem de medo. Eles se aproximaram e viram a articulação do cotovelo tremendo, batendo freneticamente contra o tampo da mesa; e, então, imediatamente, os dedos se abriram e fecharam.

- É isso. - Isaac tirou a faixa, com o suor escorrendo pelo seu rosto - Usei toda a energia cerebral que consegui reunir. O conceito é fantástico, mas ainda há um longo caminho a percorrer.

- Pense no que aconteceria se ele fosse colocado cirurgicamente. - Adam propôs - As ondas cerebrais iriam diretamente para o dispositivo, em oposição a uma transmissão de eletrodo externo.

- A coisa pesa pelo menos uns quinze quilos. - Isaac insistiu - Seria preciso um halterofilista ou um gigante para poder carregá-lo. Mesmo assim, seria impossível para um sistema esquelético suportar tal coisa.

- Se você tivesse um paciente com falha estrutural extensa, talvez pudesse instalar uma treliça para apoiar a estrutura. - Adam afirmou com firmeza.

- Você está falando sobre transformar alguém em

um robô virtual. - Abe insistiu com um aceno de cabeça - Algo assim teria que custar milhões.

- Não, eu tenho um contato. - Adam revelou com um sorriso rápido - O cara prefere ser conhecido como Doutor Cyclops. Ele está disposto a financiar a operação sob condição de anonimato. Ele está bem interessado no que estamos fazendo aqui e está disposto a fornecer materiais e protótipos como este para continuarmos com nossa pesquisa.

- Doutor Cyclops. - Isaac riu enquanto abotoava a camisa - Esse cara anda assistindo a muitos filmes de monstros. Primeiro, temos "A Brownstone de Frankenstein", depois "A Mão Robótica" e agora "Doutor Cyclops". Aonde você quer chegar com tudo isso, Adam?

- Você viu o que eu fiz com o gato. - Adam declarou fervorosamente - Você acabou de ver o que essa coisa pode fazer. Eu só preciso conectar os pontos e vocês são os únicos que podem me ajudar. Fizemos um pacto antes de termos idade suficiente para nos masturbar. Vocês não podem recuar agora. Não conseguem enxergar para onde essa coisa está indo?

- Essa coisa é grande demais para ser levantada por um ser humano. - Abe balançou a cabeça - Eu fiz um acordo e acho que esse negócio vai render alguns sérios dividendos. Mas você precisa simplificar e focar nos benefícios de curto prazo, porque estamos falando de investimentos pessoais. Eu vou continuar financiando a operação, mas isso não pode durar para sempre.

- Ok, se eu conseguir que você se comprometa a vir aqui de noite em duas semanas, terei um voluntário na reabilitação que pode precisar de uma extensa cirurgia de nervo. Você começa e eu faço a limpeza.

- O que você está...? - Abe encarou ele.

- Isaac, venha na próxima semana e nós faremos os preparativos. Senhores, estamos prestes a fazer história na medicina. - Adam disse de forma encorajadora.

Isaac Vadim realmente não tinha conhecimento dos eventos que ocorreram depois que os médicos deixaram a brownstone naquela noite. Isaac e Abe estavam preocupados com as festividades de Halloween programadas para dentro de algumas semanas. Todos os quatro foram inundados pelo aumento de novos pacientes em Bellevue, aproveitando os benefícios do Obamacare oferecidos pelo governo federal. Como resultado, eles haviam relegado o projeto para segundo plano, embora Adam estivesse pressionando a todo vapor.

Adam tinha providenciado tipo uma área de espera no canto junto à escada que levava ao porão. Ele também tinha colocado um tapete, duas poltronas, uma mesa de centro e um frigobar. Abastecê-lo com sanduíches e leite fresco fez Patch pensar que estava no sétimo céu. Ele continuou a exortá-la a ajudá-lo a fazer algumas conexões nas ruas e, quando ela finalmente levou um traficante de nível médio, Adam se esforçou para explicar como ele tinha alguns pacientes ambulatoriais visitando-o e que ele precisaria de um estoque de reserva de narcóticos para situações de emergência. Pressentindo grandes transações pela frente, o traficante sabiamente se afastou dando lugar a Django Tamsulosin.

Tamsulosin era o traficante autorizado por uma gangue na área da 137th Street - em troca de dez por cento de seus lucros, que era em média cerca de dez mil dólares por semana. Ele governava seu feudo com mão de ferro, com a gangue sempre disponível para apoiá-lo. Tamsulosin visitou Adam na brownstone, acompanhado por dois de seus atiradores e Adam explicou em detalhes o que tinha em mente.

Django concordou em fornecer a ele 29 mililitros de heroína por 1.000 dólares por mês. Foi um desconto considerável, mas que permitiu que ele obtivesse um lucro rápido com o retorno de um cliente comprando uma quantidade decente, sem ter que se preocupar em perder clientes por meio da revenda.

Django voltou na noite seguinte com um negro alto e gordo que parecia estar em péssimo estado. Tamsulosin e seus guarda-costas levaram o homem para se encontrar com Adam no vestíbulo do prédio. Seus olhos cinzas estavam lacrimejantes e ele tinha uma condição de pele semelhante à de Patch. Ele andava com uma bengala e parecia ter dificuldade em manter o equilíbrio.

- Este é o irmão de quem lhe falei. - Django os apresentou - Este aqui é Combo, um dos meus rapazes. No momento, ele está tratando de uma distrofia muscular. Os médicos dizem que a situação dele está piorando. Eles esperam que ele esteja em uma cadeira de rodas em alguns meses. Agora, ele está perdendo o movimento das mãos e dos braços. Eu disse a ele que você está procurando por casos como o dele, onde talvez possa ajudá-lo.

- Prazer em conhecê-lo, Combo. - Adam apertou a mão dele e trocou um envelope com Django por um malote antes que os traficantes partissem.

Ele conduziu Combo escada abaixo até o laboratório onde Patch estava vagando, varrendo e arrumando o local. Eles se conheciam de vista e Adam explicou que ambos ficariam trancados juntos durante a noite. Ele tomaria as providências para que Combo ficasse na antessala, e a situação dele provavelmente exigiria que ele permanecesse lá para um tratamento prolongado e terapia.

Adam tinha explicado anteriormente a Patch que ela teria responsabilidades adicionais pelo dobro do dinheiro, ganhando 40 dólares por semana pela sua ajuda. Ela teria que tomar conta de Combo, já que ele estaria convalescendo por um longo período. Eventualmente, o cômodo seria fechado para que ela tivesse que fazer pouca coisa para ajudar a cuidar dele. Nenhum deles sabia que Adam o estaria sedando à noite para que eles quase não se comunicassem verbalmente.

- O que eu quero que você saiba é que isso envolverá uma série de pequenas cirurgias. - Adam explicou ao Combo enquanto conversavam sobre a situação na antessala. Ele já tinha colocado uma cama dobrável junto com uma mesa pequena e uma cadeira - Vou conduzir uma série de testes e darei a você um diagnóstico completo antes de começarmos. O que posso garantir é que, se funcionar, você poderá ficar mais forte e mais saudável do que nunca.

- Doutor... - lágrimas brotaram nos olhos de Combo - estou com medo. Só tenho vinte e nove anos. Eu não quero morrer. Ouvi histórias sobre o que acontece com pessoas que têm essa doença. Os músculos morrem pouco a pouco até que finalmente você também morre. Vá em frente e faça o que tiver que fazer. Eu não me importo em ser mais forte e mais saudável, eu só não quero morrer.

Adam realizou uma série de testes rápidos e descobriu que Combo já não tinha quase nenhuma força na mão esquerda e estava perdendo o controle das pernas. Ele também indicou que tinha dificuldade para respirar à noite e que estava com incontinência.

- Vou começar com esteróides junto com alguns medicamentos para ajudá-lo a dormir. - Adam explicou enquanto lhe dava cinco comprimidos e um copo de água - Patch estará aqui à noite para ficar de olho em você, e eu estarei aqui todas as manhãs para ter certeza de que está tudo bem. A medicação vai deixá-lo sonolento e você vai dormir bastante no começo, mas quando a terapia começar, você provavelmente vai se acostumar com a rotina. Vamos correr contra o tempo para tentar ficar à frente de sua degeneração muscular. Vou lhe dar Prednisona, o que vai desacelerar o processo por tempo suficiente para que possamos realizar as cirurgias.

- Como serão as cirurgias? - Combo perguntou em voz alta, com a testa franzida.

- Bom, será um procedimento radical. - Adam confidenciou com um sorriso reconfortante - Você poderá ter partes do corpo que se deteriorarão completamente e a atrofia poderá levar a mais complicações. Se pudermos substituir essas partes, isso poderá não apenas prevenir a propagação da doença na área, mas, como mencionei, dará a você ainda mais força e mobilidade a longo prazo. Também tenho alguns colegas que participarão do projeto e que são especialistas em suas áreas. Eles também poderão ajudar a reparar ou reverter os danos nos nervos e o colapso circulatório, à medida que poderão ocorrer.

- Doutor, tudo o que precisar fazer, por mim está tudo bem. Tudo o que eu peço - *imploro* - é que salve minha vida.

- Farei tudo o que estiver ao meu alcance para mudar sua vida, meu amigo. - Adam deu um tapinha reconfortante no ombro de Combo enquanto ele tomava a Prednisona e o Valium - Espero que você e eu façamos história.

- Estou confiando minha vida em você, doutor. - Uma lágrima escorreu pela bochecha de Combo quando ele apertou a mão de Adam antes de ele sair.

- Daremos o nosso melhor e garanto a você que iremos realizar coisas que o mundo nunca irá esquecer.

Combo deitou-se na cama, entrando no sono mais repousante que tinha desfrutado em muito, muito tempo.

CAPÍTULO QUATRO

Tommy ligou para Orrin na manhã seguinte e sugeriu que se encontrassem no Starbucks na Park Row, perto da Beekman Street. Orrin ficou um pouco surpreso, mas concordou de bom grado. Eles acenaram um para o outro, pois Tommy havia chegado primeiro e estava sentado em uma mesa nos fundos. Orrin pegou um copo de café colombiano e os dois ficaram encarando intrigados para os copos na frente deles.

- Pensei que talvez você quisesse comer alguma coisa. Minha esposa sugeriu que eu o encontrasse aqui, para variar.

- Minha esposa também sugeriu a mesma coisa. - Orrin grunhiu - Ela achou que talvez você tivesse algum problema com a bebida. Ela normalmente faz um café da manhã normal para mim, com presunto, ovos ou alguma outra merda. Na maioria das vezes, eu divido com meu filho pequeno.

- Normalmente eu como duas torradas com café. Maureen sabe que isso é tudo o que eu como de manhã. Então temos Noah, Patch e Combo hoje. O que você achou do Rauch ontem?

- Ele sentou lá e nos falou um monte de merda. -

Orrin olhou pela janela para os trabalhadores de escritório carrancudos, correndo de um lado para o outro a caminho do trabalho. - Eu disse que essa coisa de Cyclops era besteira. - Tommy deu um gole em seu café.

- Eu não me referia ao Cyclops, eu também acho isso. Estou falando daquela besteira transgênica. Essa não era a área de especialização dele. Ele apenas colocou uma corda em volta do pescoço de Javits. Javits tinha que saber que não estava mexendo com enxertos de pele normais. Ele fez o trabalho em Patch, depois em Combo e então em Browne. É assim que esse círculo idiota irá cair. Javits irá dizer que o trabalho já estava em andamento e ele só entrou para fazer o controle de danos. O promotor irá dizer que ele tinha a obrigação de denunciá-los, mas o advogado dele irá voltar com o "privilégio médico-paciente". É como Birnbaum disse, eles sonharam com isso quando eram adolescentes debaixo da ponte do Brooklyn. Eles têm um campo minado legal preparado e o promotor irá jogar amarelinha o tempo todo.

- Sim, e eu vou lhe falar uma coisa, - Tommy rosnou - se o promotor entrar no tribunal sem nada e despreparado, nós é que ficaremos na merda quando tudo acabar.

- Isso é o que eu chamo de baboseira. - Orrin balançou a cabeça - Não somos assistentes legais, somos policiais. Como é que nos responsabilizam por um caso contra esses caras?

- Ei, é como no poker, as cartas falam por si. - Tommy insistiu - Ou o promotor tem um caso ou não tem, e nós apenas nos certificamos de que ele consiga um acordo justo. Olha, é por isso que os caras passam pela Vice, é como terminar a escola. Você aprende o que é preciso para manter as acusações na Vice e sai com o pacote completo. Ei, fomos designados pelo Capitão e o pelo próprio Chefe. Há riscos envolvidos em todos os empreendimentos lucrativos. Fazemos o caso persistir e somos promovidos. Isso é uma coisa sobre o Chefe Madden, independentemente de quão idiota ele possa ser, ele nunca se esquece de um trabalho bem feito.

- Um brinde ao chefe Madden. - Orrin ergueu seu copo.

- Um brinde a Patch. - Tommy respondeu - São poucos os malditos como ela, hein?

Adam Rauch disse a eles algumas coisas sobre Patch no dia anterior - as mesmas coisas que ele disse a Isaac Vadim quando ele voltou para a brownstone na sexta-feira seguinte, depois que os amigos viram o trabalho de remodelação. Vadim conheceu Combo e sentiu uma mistura de sentimentos sobre a próxima fase da operação, mas ainda mais quando eles discutiram sobre Patch.

- Ela está sofrendo de extensa deterioração celular causada pelo fumo. - Adam explicou enquanto estavam sentados na sala de espera do laboratório naquela noite - Eu a examinei outro dia. Os seios dela estão praticamente murchos; parecem duas ameixas secas. Quando o médico de Bellevue disse a ela que eles teriam que ser removidos, ela parou de ir. Essa é a razão pela qual a psoríase dela não está sendo tratada e ela também tem escorbuto. Tenho dado a ela vitamina C para tratar o escorbuto, mas como você sabe, a psoríase é incurável neste momento. Tenho dado a ela pomadas para aliviar os sintomas. Acho que, nesta altura, podemos ser capazes de intervir e fazer algumas cirurgias corretivas.

- Bom, se ela disse que não queria que tirassem seus seios, você estará correndo um risco se for em frente com isso.

- Ela disse que estaria disposta a fazer uma cirurgia plástica, como um implante mamário. Também tenho algo que talvez possamos usar para corrigir a psoríase na área frontal do tronco. Se isso funcionar, Isaac, nos dará luz verde para começarmos a trabalhar em Combo. Daremos o chute inicial com ela e, se conseguirmos fazer a bola rolar, então Abe e Noah poderão vir para acompanhar o tratamento. Temos que começar a trabalhar com Patch e, então, seguiremos a partir dela.

- Ok, espere! - Isaac levantou um dedo - Você *também* sabe como corrigir a psoríase?

- Será feita a substituição da pele na parte frontal de seu torso, da clavícula à pélvis. Discuti isso por um bom tempo com ela e também falei sobre todos os cenários possíveis. Ela me implorou para eu pedir sua ajuda para começarmos isso o mais rápido possível.

- E onde você vai conseguir o material para o enxerto de pele?

- Doutor Cyclops. - Adam revelou - Ele desenvolveu um produto de pele artificial usando uma técnica transgênica que é muito mais durável do que a pele humana, e é impérvio a doenças de pele humana. Se isso funcionar, ela ficará completamente curada da psoríase na área tratada, e a nova pele será muito mais atraente e sem manchas do que qualquer outra que ela já viu.

- E qual é a desvantagem?

- Bom, - Adam disse suavemente enquanto se mexia - só vem em uma cor.

- Isso é brilhante, Adam, simplesmente brilhante. -

Isaac esbravejou - Há duas pessoas negras aqui para enxertos extensos de pele com pele artificial que por acaso é branca. O que você acha que vai acontecer quando eles forem em outro médico? Você não prevê uma pequena possibilidade de passar os próximos anos preso em Attica?

- Olha, há todos os tipos de possibilidades pela frente. - Adam insistiu categoricamente - Você precisa começar a olhar para os aspectos positivos. Se a cirurgia funcionar na parte frontal do torso, não há razão para não podermos continuar ao longo do resto dele. Claro que, no início, pareceria estranho, mas depois de um tempo, o paciente iria vê-la como uma espécie de malha permanente, uma segunda pele. Não é que ela vá começar a tomar sol no Central Park, pelo amor de Deus. Além disso, ela estará considerando o custo de oportunidade. Ela me disse que um dos poucos bens que já teve nesta vida foram os seus seios, e o dano na artéria periférica tirou isso dela. Recuperar o busto e prevenir a propagação da psoríase seria a maior bênção que ela poderia ter neste mundo.

- E quando você irá prosseguir com isso? - Isaac esfregou suas têmporas.

- A pele estará aqui amanhã à noite.

~

- Então Patch acorda dois dias depois, ainda grogue por causa de toda a heroína em pó marrom ou o que quer que vocês estivessem usando, e tudo o que ela se lembra é um de vocês sentados lá fazendo perguntas. - Tommy estava um pouco mal-humorado quando interrogou Rauch no dia anterior - Ela diz que ficou chocada no início, mas que depois acabou se apaixonando pela pele nova e passou horas em frente ao espelho, olhando para os seus seios. Ela começou a odiar a pele negra, a pele doente, e logo quis ser coberta com a pele branca nova. Ela queria ser completamente branca. Você não antecipou isso? Você não percebeu que iria brincar de Deus?

- Eu achei que vocês estavam vindo aqui apenas pelos fatos, assim como em *Dragnet*. - Adam inclinou a cabeça, olhando-o de perto.

- Bom, como dissemos, isso ainda está funcionando a seu favor. - Orrin falou mais alto - Ainda não sabemos quem a colocou na faca, embora você fosse o porta-voz do grupo. Isso ainda não vai cair tudo em você, porque seu advogado pode vir e dizer que pode ter sido o Cyclops.

- Todas as estradas levam ao Cyclops. - Tommy sorriu.

- Então, quando ela começou a pressioná-lo para continuar com as cirurgias e a insinuar que ela poderia ir a outro lugar para fazer isso se você não conseguisse fazer as coisas andarem, você deve ter percebido que haveria um problema. Por que você não pediu ao traficante para endireitá-la? - Orrin perguntou.

- *Se* houvesse um traficante, - Adam respondeu - ele estaria lá para ganhar dinheiro, e não para comprar os problemas de outra pessoa.

- Vamos, Doutor. - Tommy revirou os olhos - A polícia encontrou o freezer cheio de partes de corpos congeladas. Eles já têm as listas de impressões digitais e amostras de DNA que identificaram mais de uma dúzia de vítimas. Sem mencionar as quatro mulheres que foram resgatadas, junto com Geri Lindsay e

Jerome Browne. A promotoria não tem dúvidas de que todos eles foram despejados em seu laboratório pelo traficante em uma viagem só de ida. Os exames forenses estão suspensos até que as partes dos corpos descongelem, mas as preliminares indicam que algumas das vítimas ainda poderiam estar vivas quando as amputações aconteceram. Se não houver um traficante, vocês ficam com uma responsabilidade maior da que já têm.

- Bom, não importa. - Orrin pressionou. - Estamos divagando. Ok, então Patch sai da cirurgia e está se sentindo no sétimo céu com sua nova vida. Vocês começam um discurso encorajador com ela que também será usado com Combo. No depoimento dele, ele disse que estava deteriorando rapidamente, que não tinha escolha a não ser colocar a vida dele em suas mãos. Só que ele vai dormir e acorda com um par de hastes de metal no lugar de suas pernas. Neste ponto, ele diz que é quando vocês o transformaram em um viciado em drogas.

- Eu solicito meu privilégio da Quinta Emenda ou tragam meu advogado aqui. - Adam disse com determinação.

- Olha, estou tentando obter sua ajuda. - Tommy tentou acalmá-lo - Tanto o Combo quanto a Patch estão aqui no MCC pelas suas partes nos incidentes. Combo saiu matando todo mundo aqui no Harlem; ele tem os seus próprios problemas para lidar. Ele está culpando vocês, mas o promotor não vai acreditar, não nessa parte. Alguma vez você chegou a pensar que ele era capaz de matar? Você chegou a pensar em algum tipo de tratamento com metadona para tirá-lo do vício em heroína, assim que as cirurgias iniciais fossem concluídas?

- Você está insinuando que Cyclops o viciou. - Adam sorriu - Isso dá a vocês a base para indiciar Cyclops por uso e posse não autorizada.

- É você ou ele, doutor. - Tommy disse enfaticamente - Alguém vai pagar a conta disso.

- Por que não mudamos isso? - Adam sugeriu - Se ele for derrubado, não é lógico que ele vai trazer nós quatro também?

- Você não pode ser acusado duas vezes pelo mesmo crime. - lembrou Orrin.

- Certo. Então, temos que resolver este caso antes de entregarmos o Cyclops... se de fato pudermos fazer isso.

- Então, sua história é que todo o seu contato com ele foi pela internet através de sites estrangeiros. - Tommy cruzou as pernas por baixo da mesa - Você está tentando colocar a culpa em um fantasma do ciberespaço.

- Onde conseguimos os membros robóticos? - Adam sorriu - Eles não saíram de uma estação imaginária do ciberespaço, não é mesmo?

- Então, deixe-me voltar ao enredo da história. - Tommy bateu com o dedo na mesa - De acordo com Combo, ele só soube que seus membros seriam trocados depois que acordou. Ele caiu da primeira vez e você tirou as pernas dele e as substituiu por hastes. Da segunda vez, você o abriu e colocou hastes ao redor de sua coluna. A próxima coisa que ele sabe é que você arrancou o braço esquerdo dele.

- Para o benefício do seu gravador, todo o trabalho foi feito pelo Cyclops.

- Sim, certo. Então, Cyclops está transformando-o em um ciborgue humano, pedaço por pedaço e dopando-o para que ele não tenha muito a dizer sobre o assunto. Ele disse que demorou semanas antes de conseguir fazer com que as hastes respondessem e, mesmo assim, ele passava a maior parte do tempo de muletas porque não conseguia se ajustar às exigências mentais. Às vezes, ele conseguia fazer as pernas andarem e, às vezes, ficava empacado. O mesmo com o braço - às vezes, conseguia comer com ele e, outras vezes, atirava merda para todo lado.

- Havia uma série de condições preexistentes que eram inesperadas, combinadas com o fato de que nenhum de nós tinha qualquer experiência real no campo. Minha própria área de especialização era robótica, mas a maior parte da minha prática era com próteses. Para fazer uma analogia pobre, nós éramos como tropas afegãs recebendo armamento de última geração da CIA sem manuais de instrução. Houve muitas tentativas e erros, mas na maioria das vezes, as falhas foram causadas pela incapacidade de Combo de assumir o controle dos dispositivos.

- Ele diz que se tornou um viciado em drogas. Talvez isso tenha algo a ver.

- Talvez o vício tenha sido o que tornou sua pequena excursão tão bem-sucedida. - Adam colocou o braço nas costas da cadeira - Onde há vontade, há um caminho.

- Seis pessoas mortas. - Tommy franziu a testa - O que aconteceu com o juramento de Hipócrates que vocês fizeram?

- Não aprovo isso. Posso apenas ver como tudo aconteceu.

~

- Vamos, Combo. Você consegue. Você pode ir buscar alguma coisa para nós dois.

Eles estavam lá há meses e Patch estava se tornando segura e confiante com a situação. Ela havia chegado a um ponto em que conversava muito com os médicos quando eles entravam e saíam. Ela estava ficando amiga principalmente de Adam, que brincava com ela de vez em quando enquanto ela fazia suas rotinas. Na maior parte do tempo, ele era muito detalhista e metódico, e estava sempre falando com ela desde o momento em que chegava até ter certeza de que todas as instruções que lhe dera haviam sido seguidas à risca.

Tratava-se principalmente de cuidar do Combo, certificando-se de que ele tinha tomado seus remédios e que todas as suas cicatrizes e áreas tratadas estavam bem cuidadas. O que Adam não sabia era que Patch estava lentamente tirando os remédios de Combo, tomando um ou dois dos Hydros e Oxys dele pra si mesma às vezes. Ele não estava apenas ficando mais lúcido, mas estava lidando muito melhor com a dor. Só que, nessa noite em particular, Adam disse a eles que não ficaria lá. Era Halloween e ele tinha que levar seus filhos a uma festa. Patch pegou um comprimido a mais da dosagem da noite de Combo e ele estava ficando ansioso e irritado.

- Olha, eu posso te dar o endereço. Estou lhe dizendo, você pode abrir essa porta com os seus braços. Eles só vão voltar amanhã. Nós a teremos consertado quando você voltar.

- Veja, é fácil para você falar. - Combo parecia melancólico - Eles jogam você na rua, você tem para onde ir. Eles me expulsam e para onde eu vou com toda esta merda? Eu mal consigo andar, eles estão me cortando o tempo todo, não posso passar um dia sem essa minha merda, cara, eu estou uma bagunça.

- Já me disseram qual é o negócio aqui. - Ela estava impaciente - Você acha que eles querem você andando por aí assim? Eles fazem os experimentos no nosso rabo e o que eles estão fazendo não é certo. Como é que ninguém mais tem braços e pernas grandes como você? E como é que ninguém mais não tem a pele de uma garota branca como a minha?

Patch puxou o moletom dela para cima e mostrou-lhe sua barriga lisa, adorável e branca, que ia de seus seios até o umbigo. Sua pele natural, que continuava em sua caixa torácica, ainda estava com marcas e com cascas. Combo estendeu a mão para tocar a barriga dela e ela deu um tapa na mão dele, puxando o moletom para baixo.

- Agora, ele disse que vai me dar esta pele para cobrir todo o meu corpo. Ele disse que também vai te arrumar. Você vai ser o Super-Homem quando ele terminar. Mas isso não significa que não podemos nos divertir enquanto estamos aqui. Agora, ele não está dando remédios suficientes para controlar sua dor, e ele só vai voltar amanhã e isso é um fato. Você pode levantar seu rabo e sair daí. Vá nesse endereço que eu vou te dar, pegue algumas merdas e traga elas para cá. Você pode conseguir o suficiente para termos o nosso próprio estoque que ele não precisa saber. Então o que quer que ele nos dê, é uma festa, cara.

- Você está tentando fazer minha cabeça para poder ficar com tudo. - Combo passou a mão direita em seu próprio cabelo afro - Eu sei que você não dá a mínima para mim.

- Meu, você está errado, cara, está errado! Quem cuidou da sua bunda preta todos esses meses? Eu tenho dado comida na sua boca como se você fosse um bebê! Quem está trocando os seus curativos, passando loção na sua bunda, verificando seus tubos e toda essa merda? Não fique choramingando para mim não, negão. Olha, por que você não se levanta e vai até àquela porta... só para ver o que acontece?

Quadril - joelho - panturilha. Quadril - joelho - panturrilha.

Ele fez o que lhe disseram, e a perna mecânica quase catapultou o resto de seu corpo para fora da cama. Ambos ficaram surpresos com o movimento repentino, e foram as expressões nos rostos um do outro que os ajudaram a se recuperar.

- Muito bem, cãozinho. Agora, faça o que eles lhe disseram: foco, concentre-se. Vá até àquela porta. Você consegue.

Quadril - joelho - panturrilha. Quadril - joelho - panturrilha.

A perna robótica disparou, puxando o resto dele para frente fazendo-o sentir uma dor aguda na articulação do quadril. Ele lembrou que lhe disseram para equilibrar seu peso de modo que fosse um movimento natural, e que assim, sua perna esquerda balançaria para frente reflexivamente. Ele começou a cambalear para a frente e, após uma dúzia de passos, ele estava do outro lado ao pé da escada que levava à porta de aço do térreo.

- Meu, que *merda*, irmão! - Patch ficou admirada - Agora, vá. Suba os degraus, Combo! Você consegue!

Quadril - joelho - panturrilha. Quadril - joelho - panturrilha.

A perna robótica estava arrastando todo o peso de seu corpo escada acima, e a dor em seu quadril era excruciante. Antes que percebesse, ele estava subindo a escada, mas quando chegou ao topo, ele só conseguiu se encostar à porta enquanto sua cabeça girava, fazendo-o ficar semi-inconsciente.

- Vamos, Combo! Use seu braço! Você precisa usar o seu braço! - ele ouviu Patch gritando ao pé da escada.

- Tudo bem, tudo bem, espere! - Combo estava ofegante e agoniado - Dê-me um minuto. Estou todo confuso aqui em cima!

De alguma forma, ele se lembrou do que lhe disseram sobre suas costas. Ele tinha que envolvê-las no processo. Se ele enviasse um impulso às suas costas primeiro, as treliças suportariam o movimento pesado dos membros robóticos.

Costas - ombro - cotovelo - mão.

Agora sim, ele estava chegando a algum lugar. Ele podia sentir o mecanismo em suas costas impulsionando o braço, que se levantou e o ajudou a se apoiar contra a porta. Ele também sentiu sua perna se apoiando e percebeu que eram as hastes traseiras que sustentavam o movimento do membro.

- Ok, Combo. Essa fechadura não vale nada. Abra essa porta e, quando você voltar, nós a fecharemos. Diremos que alguém estava tentando arrombá-la, mas ouviu barulhos e foi embora.

Costas - ombro - cotovelo - mão. Costas - ombro - cotovelo - mão.

Ele estava surpreso em como o aparelho dentro de seu corpo estava funcionando - como uma espécie de guindaste em um canteiro de obras. Os dedos de metal começaram a cavar no batente da porta enquanto as costas suportavam a força pneumática, a perna servindo como uma âncora e prendendo-o no lugar. Em poucos minutos, os dedos estavam cravados entre a porta de aço e a estrutura de metal, abrindo-a como um pé de cabra.

- Você conseguiu, Combo! Você conseguiu! - Patch cantarolou, subindo até a metade da escada - Agora, vá até o endereço que eu lhe dei e pegue algumas coisas daquele homem. Apenas conserte a porta para parecer que está tudo bem que eu espero aqui até você voltar. Se os médicos voltarem, direi a eles que alguém tentou invadir e que você foi chamar a polícia.

- Só tenha certeza de que estará me acobertando. - Combo disse com firmeza.

- Cão, você acabou de fazer uma merda dessas e acha que alguém vai querer se meter com você?

Combo levou a perna robótica para fora da porta, depois virou-se e levantou o braço para forçar a porta a voltar ao batente. Ele sentiu uma euforia misturada com apreensão enquanto se arrastava pelo corredor mal iluminado e sujo, e saia noite adentro.

CAPÍTULO CINCO

Combo se lembrou de quando era criança, quando ele e seus amigos viam bêbados nas ruas. Eles os seguiam e provocavam, desafiando-os a pegá-los. Dizem que tudo o que você faz, um dia volta para você e, certamente, essa era a hora do retorno. Havia cerca de uma dúzia de crianças à sua volta, imitando o seu jeito de andar, parecendo um esquadrão de pequenos monstros Frankenstein marchando pela 137th Street. Aquilo não parecia fora do comum em uma noite de Halloween, mas no entanto, era pertubador.

Ele subiu alguns quarteirões até chegar a um apartamento de porão de um prédio residencial sujo. A essa altura, o lado direito de seu quadril e o seu ombro esquerdo sentiam como se os apêndices robóticos estivessem prestes a ser arrancados de seu corpo. Suas costas estavam resistindo bem e, se não fossem pelas barras de reforço, ele já poderia estar despedaçado nessa hora. No entanto, ele havia forçado seu corpo muito mais do que os médicos o haviam recomendado, e ele percebeu que seria um inferno para voltar ao laboratório.

Ele cambaleou até à area e parou para descansar.

As crianças se cansaram de importuná-lo e decidiram fazer outra coisa. Ele recuperou sua energia e caminhou até a porta, levantando o braço robótico para bater no portão de ferro que bloqueava a entrada do vestíbulo sob os degraus da frente. A batida soou como um martelo, assim como ele imaginava e ele esperou para ver se alguém lá de dentro responderia.

A porta de dentro abriu-se e um velho baixinho cambaleou porta afora:

- Quem está aí?

- Meu nome é Combo, sou amigo de Patch. Ela disse que o senhor poderia me ajudar.

- Patch? Por que diabos a Patch te mandou aqui?

- Ela disse que o senhor me ajudaria. Estou sofrendo, irmão.

- Agora, você meu irmão. - O velho começou a destrancar as várias travas da porta - Não tenho notícias de Patch há quase um ano e agora ela resolve me mandar alguém. Tudo bem, entre.

Combo cambaleou pela porta e pelo corredor escuro que levava ao pequeno apartamento no porão. A mobília estava gasta e esfarrapada, havia pequenos tapetes por toda parte e o lugar tinha aquele cheiro de velho. Ele virou-se e percebeu que o velho era cego enquanto tateava o caminho de volta até a sala de estar.

- Então, você tem uma perna falsa, né? Esse é o seu problema? Vamos, sente-se.

- Também tenho um braço falso. Os médicos colocaram essas engenhocas de robô em mim. Eles saíram do consultório e eu e a Patch ficamos sem remédios. Ambas dessas coisas parecem que estão prestes a se desprender de mim.

- Você provavelmente ficou sem remédios porque

a Patch os pegou. - O velho conseguiu rir enquanto voltava para sua poltrona reclinável antiga - Ela ficou aqui por alguns meses antes que meu neto a expulsasse. Ele estava na prisão quando ela veio para cá. Ele saiu e a expulsou, embora eu lhe pedi para que a ajudasse se ele a encontrasse na rua. Ela fazia as coisas direito para mim, limpava tudo e preparava minhas refeições. O único problema que eu tive era que ela tomava meus remédios. A assistente social meteu o fumo em mim porque pensaram que eu estava tomando a mais.

- Quem vai vir para cá agora?

- Agora faço parte de uma casa de repouso. Eles me disseram que estou com câncer, estou com os dias contados.

- Eles estão conseguindo todo o tipo de coisa agora. - Combo conseguiu sentar-se em uma poltrona de frente para o velho - Um dia eles vão acabar com o câncer. Olhe para mim, olhe todas essas coisas novas que eles estão fazendo.

- Acho que não consigo fazer isso. - Ele riu - Diga-me, qual é o seu nome? Me chamam de Pop.

- Eu sou o Combo. O senhor acha que pode me arrumar alguns comprimidos para me acalmar?

- Sim, venha, darei alguns para você.

Ele percebeu que o maior desafio era subir e descer, como ficar em pé e subir escadas. Sentar ou andar não era nada demais.

- Ouvi que você está com dificuldade para se mover, irmão. Você está bem?

- É a minha perna. Eu não tenho mexido muito ela.

- Tudo bem. Fique aí que eu vou buscá-los.

Combo sentou-se e observou o velho levantar-se,

ir tateando até a geladeira da cozinha e voltar com dois refrigerantes. Ele colocou um na mesa da TV ao lado de sua poltrona e deu o outro para Combo, junto com dois comprimidos de Vicodin.

- Vamos lá, irmão. Você gosta de blues ou jazz?

- O que estiver bom para você. - Combo agradeceu pelos comprimidos e pela bebida.

Ele abriu a lata e tomou os comprimidos enquanto Pop tateava até a parede oposta para ligar seu aparelho de som modesto. Ele tinha fitas adesivas em braille nas fitas cassetes, o que permitia que ele as identificasse. Ele escolheu uma variedade de Memphis blues e o som se espalhou suavemente por toda a sala. Estava alto o suficiente para proporcionar um plano de fundo para que eles pudessem manter a conversa.

Imediatamente, Combo foi dominado por uma emoção poderosa. Ele se deu conta que há muito tempo ninguém o tratava tão bem. Patch não contava porque ela estava ganhando casa e comida em troca do que fazia. Ele também soube nesta noite que ela mesma era uma paciente. Antes de ser apresentado aos médicos por Django, ele estava sempre lutando para conseguir um lugar no abrigo masculino à noite, ou um lugar decente debaixo de uma ponte ou em um beco quando não conseguia. Era um mundo duro e cruel, onde todos estavam apenas tentando sobreviver. Este homem cego, que o fazia se sentir em casa, tocou em um ponto fraco de seu coração.

- Somos amigos agora, né? - Combo conseguiu sorrir.

- Fica meio solitário quando você atinge a minha idade e não consegue enxergar bem o suficiente para se locomover. A única que vem aqui regularmente é a assistente social e a técnica da casa de repouso. Eu gosto de ter alguém aqui de vez em quando. Você pode vir aqui quando quiser.

Depois de um tempo, os comprimidos de Vicodin começaram a fazer efeito, eliminando a dor latejante e cortante das articulações, proporcionando um alívio calmante. A música o relaxou, e ele até viu Pop balançando a cabeça para dormir em sua poltrona reclinável La-Z-Boy rasgada. Ele próprio começou a fechar os olhos e logo caiu em um sono profundo e relaxante.

- Quem diabos é você? E o que diabos você está fazendo aqui?

Combo piscou e viu a luz do sol entrando pelas persianas da janela que dava para a rua. Havia uma mulher negra de meia-idade ao lado do toca fitas, olhando para ele de forma hostil. Pop estava acordando e, como Combo, tentava se recompor e entender o que estava acontecendo.

- Ele é amigo de uma amiga minha. - Pop conseguiu dizer - Está tudo bem, ele só veio me visitar.

- O senhor sabe que seu neto disse que ninguém deveria vir aqui! O senhor não deve abrir a porta para ninguém à noite! - ela declarou e então disparou para Combo - Agora, é melhor você tirar o seu traseiro desta casa para o seu próprio bem!

- Tudo bem. - Combo conseguiu que a perna robótica o erguesse, embora o esforço em seu quadril era torturante - Pop, o senhor acha que pode conseguir alguns para mim antes de eu ir – sabe?

- Do que é que você está falando? É sobre drogas? É disso que se trata? É melhor você sair daqui antes que eu chame a polícia! - a senhora agitou um celular.

- Jemima, não vai ser necessário. - Pop insistiu - Ele já está de saída, ok?

Combo começou a se afastar do sofá e o zumbido baixo de suas articulações robóticas podia ser ouvido junto com o barulho da bota de metal. A funcionária da casa de repouso arregalou os olhos, que ficaram redondos como pires, quando Combo se dirigiu à saída.

- O que diabos você é? - Jemima engasgou.

- Deixe-me em paz! - Combo uivou.

Ele tentou abrir a porta com a mão direita e, quando não conseguiu abrir as fechaduras, o braço esquerdo se esticou e arrancou a porta.

Jemima discou freneticamente para o 911 enquanto Combo arrancava o portão de ferro do lado de fora, saindo do apartamento de porão.

Ele cambaleou para a rua e as pessoas que passavam pela calçada ficaram espantadas ao vê-lo. Ele estava usando seu sobretudo verde exército, camiseta e uniforme de combate, mas ele havia cortado as mangas da camiseta para poder adaptá-la ao braço robótico. Ele também tinha cortado o braço do sobretudo e a perna da calça, usando apenas uma bota, já que não havia como acomodar o pé de robô em forma de trenó. Como resultado, suas roupas balançavam ao redor dele enquanto ele andava, parecendo quase como se ele tivesse sido empalado sobre uma armação robótica. A expressão de agonia em seu rosto serviu para invocar um sentimento de horror que era evidente nos rostos de todos os que ele encontrava.

- Ei, amigão! Parado aí!

Ele ouviu o barulho da sirene de emergência junto ao meio-fio e congelou imediatamente, não tendo dúvidas de que estavam ali por causa dele. Ele ouviu a batida das portas do carro enquanto os policiais contornavam um carro estacionado em fila dupla. Esse era o East Harlem, e eles não tinham escrúpulos em puxar uma arma e apontá-la para o rosto de um homem em plena luz do dia. Apenas o jovem policial loiro parado diante dele segurava a coronha de seu revólver, olhando com espanto para o que via à sua frente.

- Coloque as mãos no capô do carro e vire-se. - Ele ordenou.

Combo fez o que lhe disseram e os dedos do braço robótico arranharam o capô para a consternação dos policiais. Ele tirou os itens dos bolsos e os colocou no carro, e o policial atrás dele os inspecionou minuciosamente.

- Michael Moorehead. - Ele leu o cartão gasto de identificação pessoal e o WIC card - É aqui que você fica, no Bowery?

- Não, senhor.

- Onde você está hospedado, Michael?

- Estou em um apartamento na 137th. - Ele disse cautelosamente. Ele sabia que era melhor desistir do espaço no porão dos médicos. Ele estava mergulhado na lei do mais forte e cumpriria pena antes de desistir deles.

- Você arrombou aquele apartamento de porão ali?

- Não, senhor. Eu fui lá visitar o cara.

- Qual é o nome dele?

- Pop.

- Pop o quê? Qual é o verdadeiro nome dele? De onde você o conhece?

- Eu só o conheço da vizinhança, só isso.

- De onde você tirou esse braço? A senhora disse

que você arrombou a porta com essa coisa. E você acabou de arranhar o capô deste carro com ele.

- O senhor acabou de me colocar neste carro.

- Vamos levá-lo à delegacia para fazer algumas perguntas.

Eles tentaram algemar seu braço esquerdo, mas a algema não se encaixou no pulso robótico. Em vez disso, algemaram uma ponta em seu pulso direito e a esquerda no cinto daquele lado das calças. Eles não tinham dúvidas de que ele se soltaria se quisesse, mas não hesitariam em atirar em tal homem.

Uma multidão se reuniu enquanto Combo era conduzido para dentro do carro e um menino saiu correndo de volta para a 137th Street. A notícia tinha saído da brownstone meia hora antes e aqueles que o procuravam logo saberiam onde ele estaria.

Passou-se menos de uma hora quando o oficial da recepção foi abordado por um jovem bem vestido, embora distraído, que se apressou diante dele.

- Em que posso ajudá-lo, senhor? - o policial olhou para ele.

- Um cara foi trazido para cá há pouco tempo, Michael Moorehead. - Ele respondeu.

Eles estavam no Centro Correcional de Manhattan, na Center Street. Adam Rauch correu para fora para um taxi que o esperava assim que recebeu a notícia da brownstone onde Combo estava. Ele voltou naquela manhã e descobriu que o laboratório estava um verdadeiro caos, mas ele tinha que lidar com uma coisa de cada vez. Levar Combo de volta ao laboratório era sua prioridade máxima.

- Ele é meu paciente. Ele está sob cuidados paliativos e se afastou de seu local de residência. A cuidadora dele relatou que ele deixou o local ontem à noite. Ele foi submetido a várias cirurgias e está sob medicação pesada. Preciso que alguém o entregue aos meus cuidados imediatamente. Do que ele foi acusado?

- Bom, ainda não há acusações. - O oficial digitou em seu teclado para obter as informações - Aparentemente, o residente da brownstone onde ele foi pego não vai prestar queixa.

- Eu tenho que levá-lo de volta para sua residência, a saúde dele pode estar em perigo. Olha, eu posso resolver isso. - Adam insistiu, puxou mil dólares em notas de cem e as empurrou em cima da mesa, cobrindo-as com a mão - Eu sou um médico licenciado em Bellevue, eu assumo a partir daqui. O senhor pode pegar isto e mandar trazê-lo?

- Como?

- Há - alguma multa ou algo assim - que eu possa tratar aqui? - Adam perguntou com cautela.

- Senhor, precisa tirar o dinheiro da mesa e sentar-se naquele banco junto à parede até que seu paciente seja trazido para cá. - explicou severamente o oficial da recepção.

Adam fez o que lhe foi dito, embora dentro de alguns minutos, um policial aproximou-se e pediu o número de sua cédula de identidade de médico. Sentado, ele girava os polegares nervosamente até que, finalmente, viu Combo caminhando pela área de espera, escoltado por dois policiais e um oficial à paisana.

- Doutor Adam Rauch? - o oficial à paisana perguntou ao se aproximar - Posso falar com o senhor um minutinho?

- Senhor, este homem está sob cuidados médicos

rigorosos e tem que ser devolvido ao seu local de cuidados paliativos imediatamente.

- Eu sou o Doutor Nygma do Departamento de Polícia de Nova York. - O homem negro se apresentou - Serão apenas algumas perguntas rápidas. Eu nunca vi um procedimento como o que este homem foi submetido. Isso foi realizado em Bellevue?

- Senhor, tenho certeza de que está ciente que há questões da HIPAA envolvidas aqui que eu não posso discutir. Também tenho certeza que, a essa altura, o senhor percebeu que este homem está com muita dor e precisa voltar para seus cuidados o mais rápido possível.

- Eu só quero que você saiba que irei acompanhar isso junto do hospital. - Nygma salientou solenemente.

- O senhor tem o número da minha licença. - Ele deu de ombros enquanto se afastava em direção ao Combo.

- Doutor, eu estou com dor. - Combo gemeu quando se aproximou de Adam com todos os olhares da recepção voltados para ele.

- Seu filho da mãe estúpido, eu deveria deixar você aqui - Adam murmurou - Apenas me siga. Tem um táxi esperando lá fora.

- Eu sinto muito, doutor, eu realmente sinto muito.

- Você andou até aqui sozinho, sem ajuda?

- Sim, senhor.

- Ok, falaremos sobre isso no laboratório. Vamos.

~

- Então, você está nos dizendo que não tinha ideia do que esse cara poderia fazer até ele sair do porão naquela noite?

- Na verdade, não. - Noah Birnbaum tentou explicar na manhã seguinte na sala de entrevistas.

Tommy e Orrin o confrontaram com os relatórios de prisão do MCC para obter a sua reação.

- Tenham em mente que as próteses foram apresentadas a nós como dispositivos benéficos. A questão de sua capacidade de causar danos nunca foi levantada. Olha, suponham que aprendemos que os membros têm essa qualidade sobre-humana. Vamos pensar que seria um benefício adicional para o paciente, supondo que ele caia de um lance de escada ou se envolva em um acidente. Nunca teríamos questionado o aspecto moral e se os membros poderiam ser usados para fins ilegais.

- Vocês estão lidando com alguns usuários de crack no East Harlem e tal pensamento nunca passou pela cabeça de vocês. - Tommy Jackson estava inclinando sua cadeira para trás, girando os polegares enquanto Orrin Rampersad bebia café no canto - Este é o problema que eu tenho. Vocês estão parecendo como um bando de crianças no parque, como se tivessem auréolas sobre suas cabeças e eu tenho meia dúzia de pessoas que tiveram seus braços e pernas decepados por *alguém* que se assemelha a vocês. Agora, você continua jogando isso de volta para o Doutor Cyclops, que deve ser o cirurgião mais competente da história da medicina e que está fazendo toda essa merda sozinho. Você disse que Adam mostrou o braço a vocês e como ele funcionava, depois o devolveu ao Cyclops, que fez a cirurgia e colocou Combo de volta aos cuidados de Adam. No entanto, ninguém fazia ideia do que esses membros poderiam fazer até Combo fugir e ser pego pela polícia de Nova York.

- É como eu disse, só ficamos do lado de Adam por causa do acordo que tínhamos. - Noah estava irritado - Vimos esses avanços incríveis que estavam sendo realizados. Ele desenvolveu próteses que faziam os nervos funcionarem através da coordenação da mente... ele fez transplantes de pele transgênicos extraordinários. Como você acha que poderíamos ter nos afastado dele?

- Então, foi o Adam! - Tommy quase riu enquanto Orrin investia em Noah, berrando com seu sotaque das Índias Ocidentais - Por que você está arriscando toda a sua carreira aqui? Basta dizer a verdade no banco das testemunhas que você sairá com um registro limpo!

- Não foi só o Adam, eu já lhe disse isso várias vezes! - Noah bateu suavemente a lateral de seu punho na mesa - Foi o Cyclops! De onde você acha que ele teria conseguido aquelas próteses? Cyclops deveria ter alguma conexão com o exterior através da qual ele estava obtendo esses membros robóticos. Talvez ele tivesse um acordo com Adam. Talvez Adam estivesse fazendo os experimentos. Eu não sei.

- Ok. - Tommy começou a rabiscar em seu bloco de notas - Agora estamos progredindo. Então, Adam estava fazendo experimentos com os membros.

- Eu não *disse* isso! - Noah choramingou - Você está colocando palavras na minha boca. Eu já lhe disse que nunca conheci o Cyclops. Não faço ideia de qual era o acordo; tudo o que posso dizer é que eu sei que ele existe. Caso contrário, nenhum de nós jamais teria conseguido as próteses.

- Olha só. - Tommy olhava fixamente para ele - Sabe esses filmes policiais em que levam as pessoas para o porão com uma lâmpada brilhante e elas ficam gritando por doze horas? Nós podemos fazer isso. Se você quiser me fazer de idiota, *vá* em frente.

- Mas eu estou lhe contando tudo! Não tenho motivos para mentir! Eu tenho esposa e filhos, tenho uma família e uma carreira! Você acha que eu teria arriscado tudo se achasse que estávamos fazer algo que pudesse ter chegado a isso?

- Não é o que você achou, Noah. Foi o que aconteceu. - Tommy olhou bravo.

- Eu não sei mais como lhe explicar isso. Sabíamos que Combo saiu porque a porta teve que ser reparada e a atitude de Patch mudou completamente, como se ela tivesse sido repreendida por alguma coisa. Além disso, ele encerrou a área de armazenamento e a refrigeração logo em seguida. A nossa maior preocupação era que ele poderia ter matado a própria mãe para colocar as mãos em todo aquele dinheiro, mas ele nos convidou para uma visita no Dia de Ação de Graças e a encontramos em ótimo humor. Depois disso, era só sobre fazer as cirurgias de reparação no Combo e na Patch. Nunca houve uma bandeira vermelha em lugar nenhum, e se houve, Adam solucionou os problemas.

Tommy e Orrin finalmente chamaram o guarda e voltaram para o estacionamento em silêncio. Eles entraram no carro de Tommy e partiram para o Manitoba.

- Você sabe que eu posso quebrar aquele merdinha. - Tommy acendeu um cigarro.

- Nós também sabemos quanto dinheiro essas pessoas têm. - Orrin olhou pela janela - Seus advogados fariam de tudo para que você fosse expulso do tribunal. Todo o trabalho que fizemos iria também, juntamente com nossas chances de um bônus ou uma promoção.

- Politicagem de merda. - Tommy soprou a fumaça pela janela - Na época em que meu pai era policial, eles teriam uma confissão assinada daqueles quatro idiotas em meia hora após a prisão. Era só arrastá-los para o porão e bing-bang-boom, caso encerrado.

- Isso foi antes de existir os Direitos de Miranda?

- Aah, foda-se essa merda. Não estamos brincando de colocar o rabo no burro. Você sabe que eles fizeram isso. Se esses caras se safarem, seria a pior chacota da justiça desde aquela merda do OJ Simpson. Estamos conrrendo contra o relógio e estamos perdendo.

- Eu sinto que uma hora ou outra alguém vai desistir do Cyclops. Essa coisa de Os Quatro Mosqueteiros vai desmoronar a qualquer momento. Os quatro não vão perder tudo para proteger o culpado, principalmente o Javits. Acho que ele é aquele que foi mantido no escuro a maior parte do tempo e que vai ser o único a sentir que está se metendo na merda.

- Você vai trazer a Angie sábado à noite?

- Sim, já conversei com ela sobre isso. Vou mandar o David para a casa da minha irmã no final de semana. Ele mal pode esperar.

- Maureen vai mandar as meninas para a casa da irmã. Vai ser legal, poderemos ficar acordados até tarde.

- Angie está ansiosa para conhecer vocês.

- Legal. - Tommy diminuiu a velocidade à medida em que se aproximavam do Manitoba's - Faremos isso em grande estilo antes que Shreve nos pendure pelas bolas na segunda-feira.

Eles estacionaram o carro e dirigiram-se ao lounge, esperando que as coisas não fossem tão claras e definitivas como estavam começando a parecer.

CAPÍTULO SEIS

Adam Rauch foi informado por um dos homens que Django Tamsulosin estava em um Cadillac Brougham na mesma rua, esperando por ele. Ele ajudou Combo a sair do táxi e disse ao motorista que ligaria para ele assim que estivesse pronto para ir embora. Ele tinha a sensação de que aquilo não iria acabar tão cedo. Ele não fazia ideia de que Django estava chegando e observou o cara trotar pelo quarteirão para dar o consentimento ao seu mestre.

Em quinze minutos, Adam deu a Combo alguns analgésicos e foi informado por uma Patch amedrontada de que Django tinha enviado dois caras logo depois que ele foi para o MCC. Adam já sabia o que Patch tinha feito, mas ela estava com mais medo do que Django teria a dizer a ela. Ele sabia que as coisas estavam prestes a ficar sérias, e acreditava firmemente que a crise sempre trazia consigo as melhores oportunidades.

- Então, acho que você já sabe que o velho que o Combo foi visitar é meu avô. - Django acendeu um cigarro enquanto sentava-se na poltrona em frente à mesa modesta de Adam na área de estar.

Adam estava ciente dos dois caras andando em volta do porão, mas ficou quieto.

- Não, na verdade, eu não sabia.

- Django, eu não tinha intenção de tentar tirar vantagem de Pop. - Patch choramingou atrás deles, com as mãos juntas como se estivesse rezando - Eu só pensei que ele poderia ajudar o Combo, só isso...

- Veja, agora eu não dou a mínima para os motivos. - Django puxou uma Colt .44 automática de um coldre de ombro e apontou para Patch - E não significa merda nenhuma para mim se eu matar essa vadia de barriga branca.

- Olha, isso não é necessário, por favor. - Adam levantou a mão quando Patch caiu de joelhos, soluçando e implorando por sua vida.

- Olha, doutor, eu te ajudo e é isso o que eu recebo. - Django finalmente baixou a pistola e a guardou no coldre - Eu te dou cobertura para cima e para baixo na vizinhança e aquele seu robô negro vai até à casa do meu avô. Tenho feito bons negócios com as suas drogas e olha só o que eu recebo.

- Você disse que iria conseguir mais voluntários para mim e que iria baixar os preços. - Adam pigarreou - Não consigo avançar tão depressa só com esses dois, considerando o progresso que estamos fazendo. Além disso, o valor que isso está me custando está me afetando.

- Você só está sustentando os hábitos de dois negros e ainda está reclamando?

- Você também está me pedindo penicilina e todos os outros produtos que tenho pedido. Não estou reclamando, Django. Você tem sido uma grande ajuda aqui. Eu só preciso de mais alguns voluntários. Além disso, poderia ter uma redução no preço. Você está vendo o que está acontecendo. Estamos tendo que fazer várias cirurgias e isso está diminuindo o nosso estoque de analgésicos. Tenho certeza de que você pode compreender o que está acontecendo aqui. Estamos fazendo coisas que ninguém tentou em nenhum outro lugar do planeta. Bem aqui no *seu* território, Django.

- Está bem, doutor. - Django riu, soprando um anel de fumaça em direção ao teto - Você não precisa me bajular. Só estou tentando ganhar assim como todo mundo. Só estou tentando atrair o máximo que posso enquanto estou por cima. Olha, eu vou mandar voluntários para você. Entretanto, as coisas funcionam assim, você não me faz perguntas e não rejeita ninguém. Ligarei no seu celular e você tem que estar disposto a aceitar seu voluntário aqui em seu laboratório dentro de uma hora. É justo?

- Tudo bem. - Adam exalou lentamente, seu peito estava apertado e sua mente estava a milhão. Ele imaginou que um dos outros caras poderia ir no lugar dele se caso ele fosse forçado a trabalhar no turno da noite em Bellevue. Eles provavelmente esperniariam e gritariam, mas agora que a polícia estava envolvida, todos ficariam impressionados com a necessidade de manter as coisas em andamento o mais suavemente possível dali em diante - Ok, entendido. Você liga para mim e, se eu não puder vir, tomarei providências para que um dos meus sócios venha lhe encontrar. Patch e Combo também estarão disponíveis. Daremos um jeito.

- Ok, uma mão lava a outra. - Django olhou fixamente nos olhos dele - Você não recusa ninguém e chega com uma hora de antecedência. Vou reduzir seu custo com as drogas em vinte por cento; justo?

- Muito justo. Tudo o que você está fazendo por nós é apreciado, você sabe disso.

Django levantou-se para apertar a mão de Adam antes de sair. Ambos de alguma forma sentiram que o diabo tinha entrado no negócio e se juntado ao aperto de mão.

~

- Então, a sua história é que você estava dopado o tempo todo e não sabia o que estava acontecendo? - Tommy Jackson tamborilou com os dedos na mesa já que ele e Orrin Rampersad tinham voltado ao MCC mais uma vez.

- É verdade. É só perguntar a Patch, que ela lhe confirmará.

Os detetives ficaram admirados com a aparência de Combo, que parecia menos humano do que os relatórios policiais indicavam. A essa altura, os médicos haviam construído um ombro artificial sobre a armação, reforçado por uma clavícula de titânio. Eles também construíram uma pelve de aço que servia de apoio para todo o aparelho. Ele parecia muito mais confiante do que eles esperavam, muito provavelmente depois de ter sido visitado pelo pessoal de Jerome Browne. Aparentemente, Browne desenvolveu uma afinidade com Combo e faria tudo o que estivesse ao seu alcance para livrá-lo.

- Sabe, eu só gostaria de salientar uma coisa. - Tommy recostou-se em sua cadeira - Se conseguirmos que alguém - *qualquer pessoa* - mude sua história, você estará do lado dos médicos. Aquele jogador de basquete não será capaz de fazer merda nenhuma para salvar sua pele. Estamos ficando sem tempo, o julgamento começa na segunda-feira. Ou você vira uma testemunha para nós, ou você tenta a sorte na esperança de que ninguém lhe incrimine.

- Cara, eu já lhe disse que eu estava drogado. - Combo insistiu - Você pode ver com os seus próprios olhos o que eles fizeram comigo. Cada vez que eles faziam algo novo, acabavam limpando seus rastros quatro vezes mais logo em seguida. Eles falam que isto não demorou, ou que precisa ser reajustado ou que esta outra coisa aqui precisa ser refeita. Eles salvaram minha vida, não há dúvidas quanto a isso, mas como é que eu vou continuar a partir de agora? Suponha que eles sejam presos. Quem vai ser capaz de cuidar de mim?

Havia algo em Combo que não se encaixava muito bem para os detetives. Ele tinha muito mais confiança do que o personagem descrito por todos os suspeitos, mais do que aquela pessoa debilitada distraída que apareceu no vídeo da polícia durante o interrogatório preliminar. Eles suspeitavam que parte disso tinha a ver com a certeza de que ele poderia ter quebrado o pescoço de qualquer um deles como um graveto, embora ele seria baleado caso tentasse fugir do MCC. Provavelmente tinha mais a ver com qualquer conexão que ele tinha feito com Jerome Browne. A estrela da NBA fez declarações públicas de que Combo salvou sua vida, embora isso provavelmente tenha sido feito no calor do momento. Ainda assim, era altamente improvável que ele deixasse Combo ficar do lado dos médicos, claro, se ele pudesse fazer algo a respeito.

Eles também sabiam que o advogado de Browne havia falado com o advogado de Combo, e que ambos haviam se encontrado com o próprio Combo. Não havia dúvidas de que eles iriam ao tribunal civil depois disso, independentemente de como o julgamento criminal funcionasse. Browne iria processar os médicos por tudo o que eles tinham feito e muito mais. Alguém em algum lugar precisava apresentar Cyclops, não apenas para evitar que os médicos passassem suas vidas na prisão, mas para poupá-los de uma vida inteira de servidão a Jerome Browne, mesmo que eles fossem absolvidos.

- Então, você continua tentando colocar a culpa em Patch. - Orrin aproximou-se e ficou cara a cara com Combo. Eles haviam cortado o braço esquerdo e a perna direita de seu macacão laranja para acomodar os membros robóticos enormes. - Patch fez você fazer isso, Patch fez você dizer aquilo. Você não acha que é difícil acreditar que uma vadiazinha viciada como ela obrigaria você a fazer alguma coisa?

- Você não entende. Ela começou a pressionar os médicos depois que as coisas começaram a melhorar no laboratório. Ela queria que eles terminassem o que tinham começado nela, especialmente Adam. Já que era ele quem passava a maior parte do tempo com a gente, ela estava sempre enchendo o saco dele: *"Ah, doutor, você disse que ia fazer isso"* e *"Você disse que ia fazer aquilo"*. Vocês sabem como as mulheres são. Além disso, ela começou a insinuar que iria atrás de uma segunda opinião. Ele nunca permitiria isso. Até que chegou uma hora que ele disse que contaria ao seu contato se ela não parasse e isso a calou rapidamente. Ainda assim, dava para perceber que no fundo, ele considerava o fato de que ela poderia denunciá-lo. Ela tinha uma certa vantagem, mas estava com medo de que seu contato acabasse com a raça dela.

- Você não vai admitir que Django Tamsulosin era o contato, certo? - Orrin disse asperamente.

- Não, eu aguentei muita dor para permanecer vivo todo esse tempo. Não vou fazer com que isso tenha sido em vão, denunciando Django ou qualquer outra pessoa.

- Pense comigo. - Tommy semicerrou os olhos para ele - Se Jerome Browne descobrir que você tem algo a ver com auxílio e cumplicidade, ele vai atacar você com tanta força quanto atacará os médicos, talvez ainda mais, porque no momento ele confia em você. Assim que a desculpa de Doutor Cyclops deles desmoronar, eles irão tentar se agarrar em tudo o que puderem para amortecer a queda. Eles são como quatro pernas de uma mesa; assim que cortarmos uma, as outras três irão cair.

- Basta nos dizer com quem você acha que podemos fazer um acordo. - Orrin instigou-o - Que tal Noah? Ele é o mais novo, ele era a criança no parque, o bobinho. Eles o alimentavam com merda e o mantinham no escuro. Ele não quer ficar preso pelo resto da vida. Ele acredita que o Cyclops existe. Basta deixar registrado que você ajudou Noah no laboratório que nós esfregaremos isso na cara dele. Você declara que os ajudou a colocar o braço em Jerome Browne que você se livra. Conseguiremos para você um acordo de proteção à testemunha. Você sairá daquele buraco de merda que é o East Harlem para o resto de sua vida.

- Eles irão dizer que foi o Cyclops quem fez todas as operações! - Combo exclamou - Que foi ele quem me cortou, que foi ele quem fez o trabalho de pele na Patch, quem cortou o Jerome Browne e quem fez aquilo com todas aquelas mulheres de quem estão falando.

- *Quatro* mulheres, Combo. - Tommy disse asperamente - Encontraram *quatro* mulheres naquela área pós-operatória ou como você quiser chamar aquele lugar. Você está querendo me dizer que elas nunca fizeram nenhum barulho, que você nunca suspeitou de toda a comida e suprimentos a mais que chegavam e que nada deu a entender de que não eram apenas você e Patch no laboratório?

- Você precisa falar com ela, cara, eu já lhe disse! Ela não ficava por lá drogada. Ela os ajudava em várias coisas. Talvez era essa a vantagem que ela tinha sobre eles. Talvez ela suspeitasse de algo e insinuava coisas para que o doutor Adam fizesse o que ela queria.

- Ok, estamos chegando a algum lugar? - Tommy olhou para Orrin e Combo - O que você está querendo dizer? Se ela estava lhe alimentando e limpando suas merdas, então ela também deveria estar ajudando as mulheres. Você acabou de dizer que talvez essa era a vantagem que ela tinha sobre ele. Ela chegou a dar algum indício de que as mulheres estavam lá? Vamos, Combo. Deve haver algo que ela tinha contra ele, já que fez você pensar que ela tinha algo além de toda aquela pele branca que ele costurou nela.

- Cara, eu já lhe disse que eu não sei!

- Fale-me sobre a Patch. - Tommy exalou - Por quantas cirurgias ela passou? Resgatamos uma mulher negra, duas morenas e uma branca. Acho que ele tirou alguns enxertos de pele delas para ver se eram compatíveis com a pele híbrida de porco dele. Ele não teria simplesmente ido em frente com os transplantes de pele se não tivesse feito pesquisas suficientes para saber se funcionaria. Ele não fez todo esse trabalho em algumas semanas, Combo. Você disse que fugiu do laboratório na noite de Halloween. Quando foi que você descobriu que Patch estava recebendo aprimoramentos depois dessa noite?

- Eu lhe disse que não tinha como manter a noção do tempo. Tudo o que tinhamos era aquele relógio na parede. Eu não tinha noção dos dias, das semanas ou dos meses, a menos que alguém mencionasse algo. Olha, cara, eles me transformaram em um viciado. Depois que eles acabavam a cirugia, tudo o que eu sabia e sentia era essa dor queimando e ardendo em volta destas peças de robô, como se meu corpo não quisesse que elas estivessem aqui. Foi exatamente isso o que eles disseram, que meu corpo estava rejeitando essas merdas de robô. Eles colocaram um pouco daquela pele transgênica em mim, mas o problema era nos nervos, veias, artérias e essa merda toda. Doutor Abe costumava entrar para falar comigo algumas vezes quando eu acordava. Ele era o único especializado nessas coisas.

- Ok, então vamos lá. - Tommy folheou o caderno em que estava rabiscando suas anotações. Orrin se divertiu porque também estava repleto de esboços de desenhos e o que parecia ser grafite. - Abe Javits era o cirurgião de nervo. Deve ter sido ele quem fazia as cirurgias restauradoras, amarrando todas as pontas soltas deixadas por Adam. Estou certo?

- Cara, eu quero meu advogado. - Combo balançou a cabeça frustrado - Eu não disse merda nenhuma sobre Adam e o doutor Abe é o último cara que eu prejudicaria. Ele é uma das pessoas mais legais que eu já conheci. Eu disse que ele me fez perguntas sobre como eu estava, mas eu não sei quem fazia as cirurgias porque eu estava inconsciente. Agora, se você vai continuar tentando me enganar, então você vai ter que ligar para o meu advogado.

- Ei! - Tommy rosnou - Segunda-feira é Dia do Trabalho, então o julgamento começa na próxima terça-feira. Hoje é quarta e eu tenho batido a cabeça contra a parede tentando entender tudo isso. Há dois dias que estou ouvindo essa conversa de merda sobre um Doutor Cyclops que fez tudo, desde transformá-lo no Robot Commando até tornar Patch em uma mulher quase branca, depois fatiou quatro mulheres que ninguém sequer sabia que estavam lá até o último final de semana e, então, cortou o braço de Jerome Browne para transformá-lo no Hundred Million Dollar Man. Agora, coloque-se no meu lugar; isso tudo não soa como um monte de merda para você?

- Eu quero meu advogado. - Morosamente, Combo riscou um ponto imaginário na mesa com os dedos da mão direita.

- Escute, seu idiota. Se eu trouxer seu advogado, não vou poder fazer um acordo porque ele não vai deixar você falar. Fale agora ou cale-se para sempre em Attica. O promotor tem acusações seladas contra você e Patch. Ele não fará nenhum movimento até o início do julgamento na terça-feira. Se eu não conseguir um acordo com você ou com a Patch, ele vai pedir julgamentos separados para vocês dois. Isso significa que o veredicto no julgamento dos médicos vai pairar sobre vocês como a Espada de Dâmocles. Se eles forem considerados culpados, isso será apresentado como um fato, cara. Isso deixa o seu e os advogados de Patch tentando provar que vocês dois viveram naquele porão por mais de um ano e nunca viram Jerome Browne, Geri Lindsay ou as quatro mulheres até que a merda batesse no ventilador na semana passada.

- Ninguém é tão estúpido assim, Combo! - Orrin parou sobre ele com as mãos na cintura - Você não sabe quem era o traficante, nunca viu o Cyclops e nunca viu as seis pessoas que tiveram seus braços decepados naquele buraco de rato! Acorde, seu imbecil, você vai ficar preso pelo resto da vida! Você pode ter um ás com Jerome Browne, mas o pessoal de Geri Lindsay quer ver todos vocês pendurados pelas bolas! Você acha que vão colocá-lo em Attica com esses membros totalmente funcionais? Eles vão mandar você para algum lugar e rebaixá-los para que você mal possa coçar sua bunda com eles!

- Eles não podem tirar meu braço e minha perna! - Combro retrucou - Isso é um castigo cruel e incomum.

- Eles não vão colocá-lo em uma das prisões mais violentas do mundo com um braço que pode esmagar o crânio de outro prisioneiro com um só golpe. - Tommy argumentou com ele - Use seu cérebro. Eles vão lhe dar algum tipo de prótese razoável, mas não vão deixar você entrar com um par de britadeiras conectadas a você. Você ainda não tinha pensado sobre isso, não é mesmo?

- Não. - Ele admitiu - Não, eu não pensei.

- Seu advogado falou essa merda sobre castigos cruéis e incomuns, não falou? - Orrin deu a volta trás dele, falando ao lado de seu cabelo afro e de seus ombros incrivelmente enormes - Isso é o que aqueles advogados fazem - eles falam o que você quer ouvir para que possam ganhar-ganhar-ganhar-ganhar-ganhar. Você precisa saber que ele não dá a mínima para você. Ele só está lhe usando como mais uma manchete para seu álbum de recortes. Você é apenas um trampolim, um destaque em seu currículo. Se o acordo der errado, ele sabe que isso irá para um tribunal de apelação e é provável que ele não tenha licença para lutar lá. Ele irá entregá-lo a algum outro canalha e, ganhando ou perdendo, ele vai embora limpo.

- Ele está achando que isso é um acordo fácil de ser resolvido de todos os ângulos, e defendê-lo será a coisa certa a fazer. - Tommy foi enfático - O público o verá como um bom samaritano de coração mole depois disso, lutando em uma guerra que ele não poderá vencer por um perdedor como você. Ele vai fazer de tudo para lhe salvar, mas isso não passará de uma encenação. Todos sabem que ele tem que perder, e tudo que eles vão lembrar é o quão duro ele lutou para salvar sua pele. Ele está usando você, assim como Orrin está tentando lhe dizer. Não adianta eu chamá-lo, porque não estarei aqui quando ele aparecer.

- Este é o acordo, figurão. - Orrin insistiu - Se você nos ajudar agora, podemos fazer um acordo e fazer com que o promotor negocie liberdade condicional e o programa de proteção às testemunhas. Isso irá tirar seu advogado da jogada e ele não vai conseguir forçá-lo a mais nada. Se você continuar brincando com a gente, o promotor irá julgá-lo separadamente e reduzirá o peso do julgamento dos médicos sobre você. Dê-me qualquer coisa: o nome do traficante, um dos médicos, até mesmo a Patch, e você está livre.

- Você está me pedindo algo que eu não tenho. - Combo balançou a cabeça.

- Tudo bem. - Tommy falou rispidamente, levantando-se enquanto Orrin batia na porta de metal - Estamos indo embora. Pense bem no que eu lhe disse. Você tem até terça-feira, que é quando nos veremos no tribunal. Você acha que tem uma chance, mas tente pegar um jornal para ver como estão as coisas.

- Combo ficou olhando para a porta até os guardas voltarem para levarem ele de volta a sua cela. Ele sabia que não precisava de um jornal para ver como as coisas estavam.

Ele se lembrou que foi cerca de uma semana após sua excursão no laboratório, quando o Doutor Adam disse que ele iria precisar de outra cirurgia. Ele disse que precisava de um doador de sangue, mas que resolveria isso em breve. Ele explicou que a razão pela qual o corpo de Combo estava lidando mal com o estresse era porque as barras de reforço não estavam absorvendo tanto da tensão quanto o esperado.

- Simplesmente não tínhamos previsto o quão forte seria o braço e o estresse que isso causaria em seu corpo. - Adam tentou explicar enquanto ele e Combo estavam sentados na área da recepção.

Patch sumiu a pedido de Adam, ocupando-se na cozinha que ele havia instalado.

- Achei que as barras aguentariam a carga, mas nunca planejei que você passasse por uma porta de aço.

- Doutor, juro pela minha mãe que nunca mais farei algo assim. - Combo disse com fervor - Eu não fazia ideia do problema que isso iria causar. Eu só estava com muita dor...

- Como eu disse, posso assegurar-lhe que nada disso vai acontecer novamente. - Adam inclinou-se para a frente, sua expressão era de extrema sinceridade - Acho que você já percebeu que no início estávamos apenas seguindo nossos instintos. Tínhamos tantas ideias maravilhosas, tantos sonhos, mas não foi possível obter o apoio de que precisávamos para fazê-los acontecer. É por isso que viemos aqui. Compartilhamos nossas visões com você e com a Patch e conseguimos fazer milagres. Só que nos faltaram alguns dos materiais de que precisávamos, mas agora finalmente estamos encontrando apoiadores que estão contribuindo com coisas de que precisamos para manter nossa pesquisa em andamento. Temos um estoque completo de medicamentos e devemos ter seu tipo sanguínio em estoque muito em breve. Tenho certeza de que poderemos prosseguir dentro de alguns dias.

- Cara, você sabe que farei qualquer coisa que você me pedir. - Combo olhou-o nos olhos - Você salvou minha vida aqui, disso não tenho dúvidas. Eu sei que existem pessoas com situações como a minha que estão enterradas a sete palmos do chão agora. É que essas operações me deixam com *muita* dor. Às vezes, quando o efeito dos remédios passa, sinto como se alguém me cortasse e jogasse um saco de agulhas em brasa dentro de mim.

- É como eu disse, Combo. - Adam pegou um caderno e abriu em uma página cheia de diagramas médicos - Havia apenas algumas coisas que não podiam ser previstas. Veja, determinamos que o braço robótico e as barras de reforço deveriam ser capazes de suportar o peso total de 79 quilos do seu corpo. Até fizemos ajustes para que pudessem suportar 136 quilos de estresse em uma situação de emergência. Simplesmente não previmos um cenário em que você pudesse aplicar mais de 226 quilos de pressão naquela porta de aço. Isso colocou uma enorme pressão na estrutura da parte superior do seu corpo. Veja, agora com o suporte de ombro que projetamos...

- Doutor, você está sobrecarregando o meu *cérebro* pequeno com tudo isso. - Combo fez uma careta quando olhou para o material impresso - Façam tudo o que tiverem que fazer. Eu só imploro que você tenha os meus medicamentos em mãos, para que não acabem e certifique-se de que Patch também tenha os dela para que ela não tenha que pegar os meus emprestados. Agora, não há necessidade de investigar o caso dela por roubar meu estoque. Ela é mulher, e ninguém pode esperar que ela lide com a dor como um homem.

- Não se preocupe com isso, Combo. - Adam fechou o caderno e deu um tapinha na coxa esquerda de Combo - Isso não vai mais acontecer, eu garanto. Você sempre terá o suficiente e estamos tomando medidas para garantir que, em caso de emergência, sempre haja uma entrega especial disponível. Apenas descanse. Espero que consigamos fazer isso na próxima semana.

- Ok, Doutor. - Combo levantou-se e apertou a mão de Adam - Eu estarei pronto. Que Deus o abençoe pelo que você está fazendo.

Adam deu a ele alguns comprimidos de Oxicodona antes de ir até à cozinha para falar com Patch. Ele ficou lá por mais tempo do que Combo esperava, mas, por fim, Patch o acompanhou até à escada quando ele se despediu. Os comprimidos começaram a fazer efeito quando Patch se aproximou:

- Então, o que se passa, Homem de Ferro? Vai

desistir dos seus amigos agora? - Patch estava arrogante.

- O que você está querendo dizer, mulher? Eu não contei merda nenhuma a eles sobre você tomar meus comprimidos, de me convencer a sair ou de ir até à casa do Pop, nem nada.

- Oh, então você não disse nada sobre o Pop? Então, como diabos Django apareceu se metendo nas minhas merdas?

- Mulher, você está viajando! Você me deu o endereço dele e disse para eu dizer a ele que era você quem tinha me mandado lá. Como diabos você acha que Django nos localizou?

- Esquece, deixa isso pra lá. Deixe-me lhe dizer uma coisa: ele não está só terminando as coisas com você, ele está planejando terminar comigo. Eu vou sair deste lugar antes que você perceba. Vou deixar este lugar para trás para seguir uma nova vida como uma nova mulher. Estarei tão longe daqui que você nunca mais ouvirá meu nome!

- Você vai embora do East Harlem? E o Mike Tyson será o próximo presidente negro! Para onde diabos você vai? Esses médicos podem transformá-la em uma Beyoncé, mas você ainda será você. Harlem está no seu sangue, para onde diabos você vai?

- Deixa eu lhe mostrar uma coisa, grandão. - Patch caminhou sedutoramente até a poltrona onde Combo estava sentado. Ela ainda se parecia com a Whoopi, embora eles tivessem substituído todo o torso dela para que qualquer um quisesse lamber seu suor. Como um dos homens de Django havia dito, você poderia colocar um saco na cabeça da vadia para se divertir. Doutor Adam conseguiu que Patch mostrasse seu corpo para Django e seus homens para mantê-los a par de seu jogo e eles ficaram bem impressionados. Eles estavam chamando o Doutor Adam de milagreiro, mas não importa o que eles viram, não podiam compará-lo a isso.

Ela virou-se e ficou de costas para ele e, lentamente, fez um striptease meia-boca. Ela lembrou-lhe daquelas vadias usuárias de crack que tinham que se virar para negociar sua próxima dose despindo-se para os caras. Só que, quando ela tirou a blusa de moletom e baixou as calças também de moletom, ele não conseguia acreditar no que estava vendo.

As costas de Patch, das omoplatas até a parte superior das coxas, eram tão perfeitas quanto as de uma nadadora olímpica nórdica. Sua pele era perfeita, branca como a neve e sua bunda era dura como uma abóbora no Dia de Ação de Graças. Se não tivesse sob o efeito do remédio, ele teria tido uma ereção como um pedaço de granito. Suas pernas negras e magras quase se pareciam com uma meia-calça preta abaixo da bunda empinada, realçando a visão de onde Combo estava sentado. Ela deixou os olhos dele admirarem a vista antes de puxar seu moletom para cima e virar-se para ele presunçosamente.

- Você acredita em milagres *agora*, Homem de Lata? - ela zombou - Eles praticam no seu rabo, eles exibem o meu. Eles fazem meus braços e pernas, fazem alguns retoques na minha cara e eu sou uma nova mulher. Se eles fizerem mais trabalhos em você e, se você for a qualquer lugar perto de um aeroporto, a polícia vai mandar helicópteros atrás de você.

- Garota, cuide da sua vida que eu cuido da minha. Eu não dou a mínima se eles lhe colocarem na

Playboy ou em um anúncio de comida para cachorro. - Combo começou a balançar a cabeça.

- Você sempre será uma sucata negra. - Ela zombou antes de voltar ao seu sofá-cama e a sua TV pequena perto da cozinha - Só não se esqueça de quem é a Rainha Vadia e quem é o negro da casa por aqui. Você não é nada além de um animal de laboratório. Não fique com a cabeça cheia de ideias e nunca pense que pode fazer com que fiquem do seu lado e contra mim.

- Ah sim, claro. - Combo murmurou e, em poucos minutos, estava dormindo profundamente.

Quando se fica chapado de oxicodona ou qualquer outro narcótico, é como se você fosse derrubado por um lutador e ficasse preso no chão sem conseguir se levantar. Você fica no chão até que ele lhe solte, e Combo não se mexeu até que o remédio o libertou por causa do barulho na porta do porão.

- Todos vocês precisam ir lá para atrás. - Um cara desceu os degraus correndo e ordenou - Django e o Doutor têm negócios para tratar. Vamos, andem, mexam essas bundas!

Patch correu até à cozinha e viu outro cara descer para ajudar seu amigo a levantar Combo. Eles bufaram até que Combo colocou seu equipamento em movimento, andando como um robô de loja de brinquedos até o sofá-cama, onde o ajudaram a se abaixar para se sentar. Eles disseram para Patch se sentar e ficaram um do lado do outro para bloquear a visão enquanto quatro pessoas desciam os degraus e iam para a área de armazenamento isolada, carregando um longo objeto embrulhado.

- Ok, tragam para cá. - Eles ouviram o Doutor Adam dizer antes que um dos caras aumentasse o volume da TV. Eles viram a luz se acender na sala dos fundos antes que a porta se fechasse atrás deles.

- Ok, agora você sabe como funciona. - Django alertou Adam enquanto os caras jogavam o saco para cadáver em cima da mesa cirúrgica - Isso volta para mim e você assina a sua própria sentença de morte.

- Não há necessidade de fazer ameaças. - Adam disse irritado - Você sabe o que está em jogo aqui. A minha cabeça e a sua. Tem certeza de que é um B positivo?

- Pedi para um médico verificar antes de trazê-lo. Como eu lhe disse, ele já está quase morto. Você vai pegar o que precisa e é melhor fazer isso antes que as luzes dele se apaguem.

- Tudo bem. - Adam disse, abrindo o saco e verificando os sinais vitais do negro pálido - E você tem certeza de que não há nada que possa ser feito por ele?

- Como eu disse, se ele sair deste lugar, tenho homens que vão meter bala na cabeça dele. Esse filho da mãe me roubou, ele preparou sua própria execução. Acabei de deixar luz suficiente dentro dele para trazê-lo para cá. Ele já está quase morrendo, então é melhor começar logo o que você vai fazer.

- Ok. - Adam puxou seu aparelho que estava próximo e colocou um par de luvas de borracha - Eu cuido disso daqui para a frente. Você poderia me dar alguns dias antes de me enviar mais alguém.

- No momento não tem ninguém na minha lista negra, mas neste negócio nunca se sabe. - Django sorriu, dando um tapinha no ombro de Adam antes que ele e seus homens se retirassem.

O coração do médico batia forte quando ele começou seu trabalho. Ele sabia que estava entrando em um caminho sem volta, mas ele precisava desesperadamente do sangue - e dos órgãos - e de tudo o mais que valesse a pena. Ele ficava lembrando a si mesmo de que aquele era um homem morto e, se ainda não estivesse, logo estaria - e, mesmo que Adam conseguisse salvá-lo, ele seria morto assim que fosse visto na rua. Era assim que teria que ser e Adam só poderia cumprir sua parte do acordo com Django.

Ele inseriu as agulhas nas veias do homem e começou a drenar o sangue para a operação do dia seguinte.

CAPÍTULO SETE

- Ei, sou eu.

- Ei, baby. Como estão as coisas?

- Nada bem. Estou no Manitoba com Orrin. Talvez eu me atrase hoje.

- Ah, não! Você sabe que hoje tenho que comprar as coisas de *Halloween* para a Lorraine. Eu preciso que você busque o meu vestido na lavanderia, um vinho para sábado à noite e mais algumas outras coisas.

- *Halloween*? Ainda nem estamos na metade de setembro!

- Você sabe que elas estão trabalhando naquela peça na pré-escola. Se você for à loja de R$1,99, eles estão vendendo umas coisas bem legais agora.

- Loja de R$1,99? - Tommy Jackson reclamou - Quem somos o que, a previdência? Se um dos caras vir você lá dentro, eles vão falar disso por um bom tempo!

- Não me venha com essa! - Maureen o repreendeu - Eu vi a esposa do Dwight Shreve na *Goodwill* outro dia.

- O que diabos você estava deixando na Goodwill?

- Nada, eu estava procurando uma coisa.

- Olha, precisamos conversar.

- Você é o que, um policial? Estamos em um país livre, sabia? Posso fazer compras onde eu quiser.

- Olha, Mo, você está fazendo eu me sentir um vagabundo de merda.

- Então, a que horas você vai chegar em casa?

- Espero que por volta das sete. Temos que ir ver a Patch. Esta é a nossa última entrevista no MCC, a menos que decidamos falar com um dos médicos novamente. Você sabe como é, não sei se vamos precisar de uma bebida depois.

- Não se preocupe. Quando chegar a mamãe cuida de você.

- Desenterre aquele robe preto transparente que comprei para você que eu pensarei no seu caso.

- Alguém está ouvindo você?

- Claro que não. Eu tenho que ir.

- Te amo.

- Eu também te amo.

Tommy voltou do banheiro e foi até o sofá booth onde Orrin terminava sua bebida.

- Pronto?

- Sim, vamos lá.

Eles acenaram para *Handsome Dick*, o dono que fez uma aparição rara naquela tarde no lounge, que se despediu deles com entusiasmo. Tommy sempre considerou o fato de que, se ele ou Orrin fossem promovidos e tivessem um cartão de crédito do departamento para almoçar, Manitoba seria o único beneficiário. Os parceiros de trabalho entraram no carro de Tommy e voltaram ao MCC para entrevistar Patch.

O guarda a levou para a sala e ela sentou-se mal-humorada à mesa como se tivesse sido tirada do meio de sua novela favorita. Ela era menor e mais feia do que eles esperavam, parecendo quase como alguém em um centro de reabilitação ou um sanatório, em vez de alguém sendo mantida como cúmplice de várias acusações graves. Tommy concordou em ficar de pé para que Orrin pudesse passar a sessão na cadeira de metal em frente a Patch.

- Você é mais escura do que eu esperava. - Tommy disparou do canto para abrir a sessão.

- Pois é, nem todos são livres, brancos e têm vinte e um anos.

- Então, onde eles colocaram os adesivos? Ouvi dizer que você tem um traseiro branco enorme.

- Bom, isso não é da sua conta, falar sobre minhas partes íntimas.

- Estou achando que a discussão será aberta no tribunal. Tenho certeza de que irá sair em todos os jornais. Então, ouvi dizer que você está se recusando a deixá-los fazer um teste de DNA para saber de onde você tirou todos esses adesivos.

- Isso mesmo. Estou apenas exercendo meus direitos constitucionais. Ninguém vai me cortar e raspar minha bunda.

- Então, você também está nessa coisa de direitos constitucionais? - Orrin zombou - Essa era a linha de merda que Combo estava nos conduzindo. Eu vou lhe dizer a mesma coisa que dissemos a ele. Esses seus advogados de alto nível estão nisso só pelas manchetes. Eles vão fazer você alegar a Quinta e todas essas coisas malditas e, quando o procurador lhe enterrar com todas as provas circunstanciais, seu advogado empurrará você para debaixo de um ônibus. Ele não tem licença para apresentar um caso em um tribunal de apelação. Quando tudo acabar, ele vai sair para cavalgar ao pôr-do-sol como um cavaleiro em sua armadura brilhante, defendendo os fracos e os indefesos que não têm onde se apoiar.

- Se você já sabe como tudo vai ser, então por que diabos você está aqui me incomodando?

- Por que, você tem algo melhor para fazer? - Tommy sorriu.

- Melhor do que ficar aqui sentada sendo incomodada por você?

- Estamos aqui para lhe oferecer um acordo e tirar você dessa. - Orrin resmungou - Neste momento, eles têm você como principal suspeita de cumplicidade. Combo está dizendo que ele ficou chapado durante todo o ano passado e, quando o júri olhar para ele, poderão acreditar. Isso vai jogar tudo no seu colo. Aquelas duas pessoas que seus colegas esquartejaram são celebridades nacionais, sem falar nas outras quatro mulheres que foram desfiguradas. Você vai ficar presa pelo resto da vida. Você joga com a gente e eu tiro você daqui.

- Eu já disse a vocês que eu não tenho nada a ver com tudo isso. Fui contratada como zeladora e eles cuidavam do meu quarto e da minha alimentação. Vocês destruíram o lugar, vocês sabem como é lá dentro. Eu cuidava da área externa, eu não tinha acesso à área dos fundos onde todas essas coisas que vocês falaram aconteceram. Eu não vi ninguém, eu não conheço ninguém. Eles dizem para me derrubar e você tem que fazer isso sem sombra de dúvida. Bom, mas eu acho que vocês têm todo o tipo de sombra de dúvida para a qual estão olhando.

- Você não ama quando os moradores de rua aprendem tudo o que precisam sobre a lei? - Tommy riu, enfiando as mãos nos bolsos enquanto caminhava para ficar ao lado dela - Eles já conseguiram suas impressões digitais e o seu DNA por toda a cena do crime. Coletamos suas impressões digitais dos utensílios de cozinha, dos equipamentos médicos, dos móveis, de tudo. Como é que o seu porta-voz vai conseguir convencer um júri de que você não sabia que havia mais quatro pessoas naquele porão junto a você e Combo? Não me interessa se estavam em animação suspensa, eles ainda tinham que comer, beber, mijar e cagar. Você viveu no gueto a sua vida toda. Você já tentou convencer um proprietário de que havia duas pessoas em um apartamento quando na realidade moravam seis?

- Saca só isso, gênio. Você sabe que havia mais pessoas tirando a mim, o Combo e os médicos entrando e saindo de lá. Sempre que alguma dessas pessoas entrava, eu e o Combo éramos mandados para os fundos junto aos equipamentos. Você sabe que eu e ele estávamos lá para tratamento em primeiro lugar. Você também sabe que o Combo estava passando por um tratamento intensivo. Como poderíamos saber se alguém estava lá dentro para o que quer que fosse? Por que é que deveríamos meter o nariz nos assuntos dos outros e ser expulsos e perder o nosso tratamento? Como diabos iríamos saber se eles tinham alguém em reabilitação lá atrás e se estavam presos? Vocês estão falando de uma instalação médica subterrânea no East Harlem. Como saberíamos que eles não estavam tentando tirar as pessoas de seus hábitos? Como saberíamos se eles não estavam fazendo outras coisas além dos membros artificiais ou enxertos de pele?

- Uau! - Orrin balançou a cabeça - Essa é boa. Acho que não pensamos nisso. Você pensou?

- Não, nisso não. - Tommy caminhou até à parede de trás e parou no canto mais distante atrás de Patch - Então, agora sabemos que os médicos tinham uma clínica de reabilitação funcionando. Isso já é uma outra história. Mesmo com o Django Tamsulosin entrando e saindo regularmente.

- Quem é esse?

- Olha, há coisas que estão acontecendo que podem não aparecer no tribunal, mas que vão aparecer em Attica em uma noite chuvosa em uma cela escura quando você não tiver para onde correr. - Tommy vociferou trás dela - A 25ª Delegacia nos contatou logo depois que o seu bando foi levado neste final de semana. Eles compartilharam a informação sobre Combo ser levado e de Rauch ter ido buscá-lo. Como ninguém apresentou queixa e nenhuma prisão foi feita, tudo o que temos é o relatório da patrulha e a declaração do oficial da recepção. Isso ainda o coloca no apartamento de porão de James Luckey na manhã do dia primeiro de novembro do ano passado. Nossos informantes de rua nos disseram que James Luckey é o avô de Darnell Luckey. Você sabe quem é Darnell Luckey, não sabe?

- Na verdade, não.

- Isso, continue brincando comigo. Nossos informantes viram Django entrando e saindo da brownstone centenas de vezes, até antes quando o incidente aconteceu. Não acho que ele passou lá só para avisar vocês para não se meterem com o avô dele. Acho que ele tinha negócios a tratar com os médicos e eu *sei* que você sabe que ele estava lá. Se você mentir sobre isso no tribunal eles vão lhe prender por perjúrio. Isso desacredita você como testemunha. Nem eu posso lhe salvar depois disso.

- Como eu disse, eles nos colocavam na parte de trás quando certas pessoas chegavam. Olha, como é que vocês ainda não derrubaram nenhuma dessas pessoas de quem estão falando? Se eles já admitiram que estiveram lá, então vocês não precisam ficar no meu pé.

- Talvez eles estejam em uma situação pior neste exato momento. - Tommy disse enigmaticamente - Talvez estejamos deixando eles ficarem na rua por tempo suficiente para reunir mais algumas provas antes de prendê-los.

- Você sabe que todas as mulheres que resgatamos do porão eram viciadas em crack. - Orrin a confrontou - O DNA que estamos obtendo das partes do frigorífico está sendo identificado como partes de corpos de reincidentes. Acho que Django estava enviando pessoas em uma viagem só de ida para a brownstone. Estou achando que ele entregou pessoas aos médicos para processamento. As que estavam quase mortas tiveram seus fluidos e órgãos coletados. As que estavam mortas foram retalhadas por algum motivo. Sabia que encontramos processadores de comida no local com vestígios de carne humana? Aqueles bastardos doentes estavam alimentando os prisioneiros com carne humana.

- Não sei nada sobre isso e não quero ouvir falar sobre. Isso é um castigo cruel e incomum e quero que o meu advogado esteja presente antes que isso saia do controle.

- Essa é a mesma merda que Combo me falou há

pouco tempo. Estou aqui para lhe oferecer um acordo. Se você me disser que Combo sabia o que estava acontecendo, eu tiro o seu da reta e aumento a pressão nele. Se Combo souber que você o delatou, ele irá ceder. Ele vai admitir que não havia nenhum Doutor Cyclops, vai desistir de Django, mandamos Tamsulosin e os médicos para a prisão e você e Combo saem impunes. Farei com que a promotoria envie alguém aqui para garantir isso dentro de uma hora.

- Se não havia nenhum Doutor Cyclops, então como substituiram minha pele e como é que fizeram o braço e a perna de Combo? Vocês sabem que os médicos são especialistas, mas eles não tinham a habilidade de fazer o trabalho que vocês dizem que fizeram.

- Eu sei que Rauch lhe treinou para dizer isso, não me venha com essa merda. - Orrin inclinou-se sobre a mesa na direção dela - Se você ficou naquele lugar durante mais de um ano e ele fez várias cirurgias em você e em Combo durante esse tempo, você tinha que ter visto ele pelo menos uma vez. Não tem como você ter conhecido os quatro médicos e nunca ter colocado os olhos nesse cara. Nenhum júri em sã consciência vai acreditar nisso. Um dos médicos fez o trabalho e inventou o Cyclops como um bicho papão, e eu aposto que foi o Rauch. Vocês dois dizem que foi ele quem fez a operação em nome dos médicos. Os outros caras não só chegavam, instalavam um sistema mecânico em Combo, costuravam uma nova pele na metade de seu corpo e depois saltavam em um táxi e voltavam ao trabalho em Bellevue como se nada tivesse acontecido. Um mecânico de automóveis não trabalha assim. Admita que foi Rauch e você se livra. Assim que o julgamento acabar, você já estará na rua.

- Eu tenho algumas perguntas: suponhamos que vocês prendam os médicos para o resto da vida, o que acontece comigo e com Combo? Quem vai terminar o trabalho? Ainda está faltando os meus braços e pernas. Eles iriam clarear meu rosto, que nem o Michael Jackson. Eles iriam me fazer parecer com a Diana Ross. O que acontece a seguir? Eu vou andar por aí como um carro de três cores pelo resto da minha vida?

- Vocês já sabem que o Presidente e os médicos especialistas do mundo todo já entraram em contato com as vítimas. Eles podem terminar o trabalho. Eles precisam saber mais sobre a transgênese e se eles usaram pele de porco em suas operações. Há restrições médicas contra o uso de partes de animais que não foram aprovadas pela FDA.

- Rauch arriscou a sua vida ao realizar esses experimentos. Era isso o que eles faziam: experimentos. Eles usaram você e Combo como cobaias. - Tommy afirmou - Você não deve merda nenhuma a eles. Eles não são melhores do que os seus advogados. Eles usaram você e Combo para se vangloriarem, para provar suas teorias. Se vocês não tivessem sobrevivido às operações, o que faz você pensar que não teriam sido destrinchados para servir de peças de reposição?

- Eu não vou mais ouvir essa merda, não vou mais falar com nenhum de vocês. São vocês dois que estão tentando me fazer mentir no tribunal. Vocês dois estão tentando fazer com que eu cometa o crime de perjúrio. Estão tentando me fazer confessar coisas sobre as quais eu não sei nada.

- Tudo bem, o risco é seu. - Tommy dirigiu-se à porta enquanto Orrin se levantava de seu assento - Assim como eu disse ao Combo, você tem até terça-feira. O promotor tem uma acusação selada contra vocês dois. Jogue o jogo, testemunhe contra os culpados e saia como uma mulher livre. Você deixa essas pessoas te manipularem, eles te fazem de idiota e você fica na prisão para o resto da sua vida.

- O júri vai ver o que aconteceu comigo, vai ouvir o meu lado da história e vai saber que eu fiz o que qualquer outra pessoa faria. Tive todos os tipos de problemas de pele a minha vida inteira. Aqueles médicos deixaram minha pele bonita, eles me deram uma segunda chance. Ninguém recusaria isso, e eu não acredito que alguém me colocaria na prisão para o resto da minha vida por causa disso.

- E quanto a Jerome Browne, Geri Lindsay e aquelas quatro mulheres que resgatamos? E quanto às chances deles? Quem dará a eles uma segunda chance na vida?

Os detetives chamaram o guarda, e tudo o que eles podiam esperar era que algo dentro do coração e da mente de Patch falasse mais alto antes que fosse tarde demais.

Mas, pela expressão dela, eles duvidaram completamente.

~

Patch se lembrou de quando finalmente teve permissão para entrar na área dos fundos. Foi por volta do Dia de Ação de Graças e ela presumiu que os médicos iriam dar a eles algumas guloseimas. Doutor Adam não decepcionaria, mas havia um assunto crítico que precisava ser discutido. Também marcaria um caminho sem volta para ela, o momento em que ela espiaria por trás da cortina para ver o segredo da máquina.

- Tenho certeza de que você já se perguntou sobre todas as mudanças que temos feito por aqui. - Adam olhou ao redor para a câmara fria à esquerda, para o cômodo menor no centro e para o cômodo grande à direita, todos ainda trancados.

A sala estreita tinha uma variedade de equipamentos de laboratório cuidadosamente organizados em prateleiras e carrinhos ao redor do cômodo. Havia um cofre de metal ao lado da porta da sala central, onde ela sabia que as drogas eram guardadas. Bem ao lado da entrada havia uma maca de aço com correias afixadas nela.

- Com certeza, este não se parece muito com o lugar que você começou. - Ela admirou todo o trabalho que tinha sido feito.

Ela viu os carpinteiros que tinham entrado e saído do local nas últimas semanas, muitos dos quais ela reconheceu da vizinhança. Sem dúvida de que Django havia entrado de cabeça nesse projeto com sua influência e recursos conforme a necessidade.

- Você faz parte de um grande empreendimento, Patch, algo que vai mudar a vida de milhões de pessoas ao redor do mundo.

Adam parecia expansivo. Ela sempre ficava impressionada com o quão bem aquele homem branco se vestia com seu terno de grife azul-marinho de 500 dólares, enquanto ela geralmente estava usando seu uniforme verde de laboratório ou o moletom preto que estava usando naquele momento. Algumas coisas nunca mudavam.

- Esperamos que em breve, poderemos revelar ao mundo os milagres que estamos realizando aqui. Um dia, poderemos compartilhar com pessoas com deficiência física em todo o país os segredos de como não apenas salvamos a vida de Combo, mas o transformamos em um ser poderoso, capaz de coisas muito além de tudo o que ele já sonhou.

- Sim, senhor, há muita gente aqui mesmo no Harlem que poderia ter um pouco do que ele tem.

- Você mesma será uma fonte de admiração por todo o país, minha amiga. - Ele olhou nos olhos dela, fazendo-a corar - As cirurgias de pele que fizemos vão trazer esperança e transformar a vida de centenas de milhares de pessoas. Vítimas de queimaduras, pacientes com câncer de pele e aqueles que sofrem de inúmeras doenças de pele se beneficiarão das maravilhas que criamos aqui. Você consegue se imaginar no Bom Dia América algum dia?

- Esse é um dos meus programas favoritos! - ela disse entusiasmada - Seria maravilhoso!

- Ótimo. - Ele tirou um par de chaves do bolso do blazer e entregou a ela - São da porta de entrada e desse armário. Nossos medicamentos prescritos estão no cofre. A combinação dele está nesta tag. Não quero que você diga ao Combo que tem a chave ou a combinação. É melhor que você nunca mencione o cofre para ele. Você nunca deve deixá-lo entrar nesta sala. Vou falar com ele sobre isso para que não haja nenhum mal-entendido.

- Eu não acho que ele vai ser um problema. - Ela o assegurou - Ele geralmente fica bem depois que eu dou a ele os seus remédios. Você sabe que ele nunca teve um lugar para assistir TV, nenhum de nós tinha. Normalmente ficamos sentados assistindo aos programas quando acabo as minhas tarefas. Além disso, ele está sempre falando sobre a sorte que tem por estar vivo. Ele está sempre falando em como a dor o faz lembrar de que ainda está vivo e que é grato por ainda poder sentir as coisas. Eu sei que tem dias que ele sofre muito, mas eu sempre digo a ele que o Doutor Adam cuida dele.

- Muito bem, Patch. - Adam sorriu suavemente - Eu tenho outra coisa para lhe mostrar atrás daquela porta central. Agora, eu insisto que você tenha em mente que nosso amigo Django fez um investimento sério em nosso projeto, e ele está tão envolvido nisso quanto qualquer um de nós. Se alguma coisa - *qualquer coisa* - sobre esse projeto se tornar público antes do tempo, todos nós estaríamos em risco. Você não deve ter nenhuma dúvida de que Django está por trás disso; ele lidaria com tal ameaça e mataria qualquer um que tentasse fazer algo contra ele na rua. Você entendeu, Patch?

- Sim, senhor, eu entendi.

- Excelente. - Ele assentiu com a cabeça, satisfeito.

Ele puxou mais um molho de chaves do bolso, destrancou a porta central, entrou e acendeu uma lâmpada fluorescente. Ele fez um sinal enquanto se afastava para que ela pudesse contemplar o cômodo.

Um arrepio percorreu por sua espinha quando ela viu o corpo amarrado à maca que estava lá dentro: uma mulher inconsciente e com os olhos vendados. Seus pulsos estavam presos ao lado de seu corpo e uma perna também estava presa. Patch podia ver uma cicatriz grande no lado esquerdo da testa dela. Ela parecia ser uma morena com uma pele cor de mel. Uma bela mulher vestida com uma camisola hospitalar.

- Essa é uma das clientes de Django. O nome dela não é importante. Ela já o enganou várias vezes e estava marcada para morrer. Você tem vivido nas ruas do Harlem a sua vida toda e sabe como as coisas funcionam. Essa era uma situação muito complicada e havia inúmeras questões que precisavam ser resolvidas. Também havia coisas que precisávamos aqui no laboratório... precisávamos urgentemente continuar os seus procedimentos e os de Combo. Resumindo, fomos forçados a fazer uma lobotomia para restringir sua memória de longo prazo. Isso serve para cortar sua conexão imediata com Django, por assim dizer, bem como torná-la mais receptiva a sua nova situação. Também tivemos que remover sua perna direita. Esperamos poder colher a pele da perna dela e possivelmente usá-la para enxertar em suas pernas. Se funcionar, seremos capazes de desenvolver uma forma mais híbrida de pele transgênica que será mais aceitável para a comunidade médica.

- Você vai me dar a pele dela? Você ao menos perguntou a ela se estava tudo bem?

- Venha, Patch. - Adam a conduziu para fora da sala, apagou a luz e voltou a trancar a porta - Ela perdeu a perna, não havia chance nenhuma de ficar com ela. A pele estava disponível para nós usarmos ou descartarmos. Eu já me preparei para começar o novo procedimento. O seu próximo transplante deve começar dentro de uma semana.

- Eu só lhe peço uma coisa, Doutor. - Patch baixou os olhos.

- Claro, o que é?

- Nunca me diga de onde você tirou a pele. Eu não quero passar o resto da minha vida me sentindo culpada sobre de onde ela veio.

- Eu prometo que não direi. Também quero saiba o quanto eu admiro você por isso.

Adam logo saiu do cômodo e das instalações. Ele deixou Patch cheia de perguntas, e com o conhecimento de que ela era agora uma portadora de segredos além dos quais jamais havia sonhado. Além disso, se ela contasse a alguém...

...quem poderia acreditar nela?

CAPÍTULO OITO

Na manhã seguinte, Tommy Jackson e Orrin Rampersad pegaram a via expressa Brooklyn-Queens e depois a I-495 a caminho de Southampton, ao longo da parte leste de Long Island. Eles haviam marcado uma entrevista com Geri Lindsay, a supermodelo que tinha escapado da brownstone no East Harlem há menos de duas semanas e relatado seu sequestro à polícia de Nova York. Desde então, ela havia se submetido a uma cirurgia no Hospital Johns Hopkins em Baltimore, onde os cirurgiões implantaram um membro biônico enviado de Berlim, Alemanha, para os EUA, onde a perna robótica foi desenvolvida. A operação foi considerada um sucesso, mas os engenheiros alemães prometeram emular os avanços dos "Médicos Loucos do Harlem" e atualizar o protótipo de Geri em um futuro próximo.

Geri nasceu e cresceu no Harlem. Uma descendente de holandeses e quenianos de 1,80 de altura e 63 quilos; um corpo violão impressionante. Ela tinha pele cor de mel, cabelo loiro escuro e traços de negritude que lembravam Lisa Marie Presley. Os detetives chegaram à casa dela na área exclusiva de Water Mill perto da Rodovia Montauk, não muito longe de Mill Pond. Um segurança os recebeu no portão, onde ele comunicou sua equipe pelo rádio a chegada deles. Eles estacionaram no estacionamento do lado de fora do complexo de garagens e foram conduzidos em um carrinho de golfe, passando por uma praia em miniatura e pelas cachoeiras perto da piscina gunite onde Geri os esperava.

- Tenho que admitir, se eu passar pelo guarda do portão do paraíso, não consigo imaginar que seja melhor do que isso. - Tommy sorriu depois que fizeram as apresentações, acompanhando Geri até o bar ao ar livre, perto da piscina da mansão de seis milhões de dólares.

A segurança havia sido reforçada na propriedade após o incidente assim que Geri voltou para casa. Dois guardas com um cão sentaram-se a uma mesa do outro lado da piscina enquanto Geri servia as bebidas.

- Está tudo bem. - Ela franziu o nariz.

O segredo é que ela nunca perdeu seu charme de menina, mesmo depois de se tornar grande na indústria da moda. Ela não tinha mudado muito com a fama e isso pode ter sido a sua queda. Ela ainda tinha faro para doces e foi isso o que a levou de volta ao bairro, onde ela caiu na teia dos Médicos Loucos.

- Estou tentando voltar ao normal. Minha perna não é tão boa quanto a daquele Combo, mas me disseram que coisas melhores estão por vir.

Eles estavam sentados em banquinhos no bar bebendo margaritas, e os caras ficaram maravilhados quando Geri deu um chute à altura dos olhos com seu membro cirurgicamente ligado. Eles haviam instalado um teclado em seu quadril que lhe permitia controlar a perna. Infelizmente, ela tinha muito tempo para ficar sentada e se acostumar a digitar comandos. Eles a elogiaram por seu progresso e seu espírito, e ela agradeceu, embora houvesse uma expressão em seus olhos que iria assombrá-los por um bom tempo. Era o olhar de uma tristeza inconsolável, do tipo que só alguém que tivesse experimentado uma perda muito grande teria.

- Ainda estamos tentando mudar o testemunho daquele cara, o Combo. - Orrin admitiu de forma séria - Temos oferecido acordos a ele e Patch, mas até agora nada. No momento, analisamos várias vezes os vídeos das suas entrevistas, mas queríamos nos encontrar com você para ver se você se lembra de algo que podemos usar como uma alavanca contra os dois. O promotor está aguardando mais evidências até o julgamento começar, mas ele não terá mais do que temos agora, a menos que consigamos enrolar qualquer um deles.

- Você disse que estava no bairro visitando velhos amigos quando foi sequestrada. - Tommy examinou o rosto dela - Eu não quero ficar batendo na mesma tecla aqui, mas Django Tamsulosin está por todo este negócio. Recebemos um relatório da polícia do ano passado que liga Django e Combo durante um incidente que investigamos. Temos informantes que confirmaram ter visto Django na 137th Street e na brownstone várias vezes este ano. Todos sabem que esse é o território de Django. É que é difícil entender, como Django saberia que você estava no bairro sem você ir cumprimentá-lo.

- Desculpe-me, mas eu já disse à polícia que não vi Django naquela noite e que não tenho nenhuma ligação pessoal com ele. - Ela foi breve - Espero que vocês não tenham vindo até aqui só para ver se eu vou mudar minha história.

- Não, não, só estou pensando em voz alta. - Tommy levantou a mão antes de pegar um maço de Camels - Você se importa?

- De maneira alguma. - Ela respondeu com um sorriso radiante, mostrando seu maço de Newport - Você tem isqueiro?

- Então, até onde sabemos, todas as vítimas foram sequestradas com um mês de diferença. - Orrin apontou depois de obter a permissão de Geri para ligar seu gravador - Você teve sorte, você foi a última a ser pega.

- Sorte? Você chama isso de *"sorte"*?

- Talvez devêssemos voltar para Manhattan e começar de novo. - Tommy balançou a cabeça.

- Não, tudo bem, eu estou bem. - Ela deu uma longa tragada em seu cigarro - Eu ainda estou... você sabe, juntando tudo, tentando continuar de onde parei.

- Nós entendemos e agradecemos por nos deixar vir aqui. - Tommy respondeu - Nós não teríamos a incomodado se não tivéssemos pensado que talvez todo o trauma pudesse ter feito com que os policiais negligenciassem algo que poderia ter sido útil.

- Então, você diz que foi a Patch que faltou com uma dose sua que lhe deu aquela introspectiva, aquele momento de clareza que a ajudou a fugir. - Orrin olhou para as anotações em seu bloco de notas.

- Não, eu não disse que foi a Patch. - Ela disse pacientemente - Pode ter sido, mas eu não sei dizer. Eu a vi lá quando tudo estava acontecendo, mas eles me deixaram tão dopada, que eu nem sabia que eles tinham tirado minha perna até aquele momento. É tipo quando você está sonhando e sonha que acordou, mas ainda está dormindo. Eu estava vendo tudo através de uma névoa e, no início, pensei que minha perna estava dormente ou que eles tinham me dado uma injeção. Quando eu percebi que estava sem uma perna, entrei em negação e foi isso o que me tirou de lá. Eu podia ouvir todo o barulho e sabia que eu não estava em um hospital. Algo dentro de mim me dizia que a minha vida dependia de sair de lá. Lembro-me de ter caído, então comecei a me arrastar até à porta. Eu consegui sair e vi a escada e, de alguma forma, rastejei escada acima enquanto tudo estava acontecendo.

- Você conseguiu chegar até à rua e as pessoas do lado de fora chamaram a polícia. - Tommy mostrou-se pensativo - Voltando a quando você foi sequestrada, você disse que era o aniversário de uma amiga e que vocês três estavam na cidade, junto com o seu guarda-costas. Agora, desde então, as três pessoas que estavam com você naquele dia foram embora. Suas amigas deixaram a cidade e o seu guarda-costas simplesmente se demitiu. Há muitas pessoas no Police Plaza que acham que Django teve muito a ver com isso.

- Ei, eu fui criada no Harlem e sei que Django não é nenhum Frank Lucas. - Geri enfatizou - Eu sei que muitos querem vê-lo cair, mas eu não vou vê-lo queimar porque disse algo que não tenho certeza. Como eu disse, pelo que eu sei, ele não teve nada a ver com nada. Acho que talvez minhas amigas e Lefty tenham saído da cidade por causa de toda a publicidade. Vocês sabem que estava saindo nos tablóides que foram eles que armaram para mim.

Vocês os culpariam por saírem da cidade depois de coisas desse tipo estarem nas bancas de todos os supermercados de Nova York?

- Você tem toda a razão. - Orrin deu de ombros - Agora, os três disseram que você foi até o Harlem por volta das três da manhã depois de sairem de um clube. Todos admitiram que você foi lá para ver se conseguia fumar um pouco. Você reconheceu algumas pessoas que todos conheciam e saiu para cumprimentá-las. Lefty ficou no carro a seu pedido para que a polícia não viesse e lhe multasse porque estava perto de um hidrante. Você e suas duas amigas começaram a se misturar na multidão e, de repente, você simplesmente desapareceu.

- Como eu disse, acho que me deram Rohypnol ou algo do tipo, porque eu simplesmente apaguei como uma luz. Depois disso, me disseram que eu fiquei acordando e apagando por mais de um mês. Eu sei que eu tinha tubos nos braços e vários cateteres, e eu estava sendo alimentada por um canudo na maior parte do tempo. De vez em quando eu me lembrava de receber hambúrgueres e batatas fritas, mas eu estava tão confusa que não sabia se estava sonhando ou não. Disseram que eu perdi nove quilos enquanto estive fora e eu nem tinha muito o que perder.

- Acho que você leu as histórias sobre como eles estavam construindo uma espécie de ciborgue lá embaixo. - Tommy disse.

- Achei que era só mais uma dessas histórias de tablóides, mas os policiais me perguntaram se eu tinha visto algo assim. Foi como eu disse a eles, eu estava muito chapada. Alguma vez vocês já ficaram tão bêbados a ponto de ir ao banheiro e mijar no chão?

Agora pense em estar duas vezes mais bêbado do que isso.

- Já visitei amigos que acabaram de sair de uma cirurgia, eu sei como é. - Orrin assentiu - Eu fiquei me perguntando agora que você mencionou, você sabia que estava recebendo hambúrgueres e batatas fritas. Você não notou nada? Tipo, se ela estava usando luvas, ou se ela colocou a comida na sua boca, se ela ajudou você a colocar os condimentos, ou algo assim?

- Não, eu disse que não consigo me lembrar de tudo. Sabe, foi como eu disse, foi como um sonho. Você deve saber como é difícil se lembrar de seus sonhos, mesmo meia hora depois de acordar.

- Mas você sabia que eram hambúrgueres e batatas fritas, e não cachorros-quentes. Depois de ter se alimentado de líquidos por todo aquele tempo, no mínimo, deve ter afetado o seu paladar. - Orrin sondou - Vamos tentar isso: você se lembra de como é passar no drive-thru do Mickey D quando você ainda não tinha motorista? É uma chatice. As batatas fritas caem do suporte, o molho escorre, etc. O que ela fez? Ela deixou a merda pingar em cima de você? Os caras que estão em julgamento são cirurgiões profissionais. Eles teriam enlouquecidos se ela deixasse alguma coisa pingar por todo o lado.

- Não, ela era muito professional. - Geri insistiu - Ela...

- O que é que ela fez? - Tommy perguntou atentamente - Ela tinha um guardanapo? Ela mantinha um prato embaixo do seu queixo? Ela falou com você em algum momento, tentou encorajá-la?

- Ei, pessoal! - Geri de repente ficou chateada - Eu odeio agir como uma vadia, mas é que simplesmente tem coisas demais acontecendo comigo para eu ficar jogando esses jogos de palavras. Eu lamento que vocês tenham dirigido até aqui para nada, mas eu simplesmente não posso ajudar vocês com o que estão procurando.

- Patch... - Tommy continuou não querendo desistir - Por que você está tentando proteger ela? Se ela tentou ajudar você e tivermos a sua palavra, isso poderia ser o suficiente para ela se tornar uma testemunha. Ela poderia identificar o médico que aleijou você.

- Desculpem-me por isso, rapazes. - Lindsay deu um murro nos botões em seu quadril e levantou-se, acenando para os guardas que obedientemente deram a volta na piscina.

- Nós que pedimos desculpas por ocupar seu tempo. - Orrin grunhiu enquanto se levantavam.

Os detetives seguiram o guarda com o cachorro enquanto o outro seguia atrás deles.

- Ei, pessoal! - Geri chamou pouco antes de eles irem embora.

- Geri? - Tommy respondeu quando os guardas pararam.

- Você sabe como é ser modelo. Você ganha peso, tem um filho, sofre um acidente e está tudo acabado, e todos nós sabemos disso. Jerome Browne tinha toda uma carreira pela frente. Ele quer se vingar mais do que eu. Pense no que aconteceria se alguém fizesse um acordo para libertar um dos médicos sob fiança e ele deixasse o país. Vocês já devem ter percebido que ninguém dirá uma palavra sobre nada até o início do julgamento - *se* houver um julgamento.

- Você tem razão. - Tommy respondeu enquanto se despediam.

Os detetives regressaram mal-humorados ao

veículo, seguidos com relutância pelos guardas que obviamente não queriam interferir em nada. Os parceiros de trabalho sabiam que os pobres coitados estavam só fazendo o trabalho deles e optaram por não falar alto com eles. Tommy passou com o carro pelo portão e logo eles já estavam voltando para a via expressa. De repente, ele começou a procurer seu celular.

- Esqueceu-se de ligar para Maureen?

- Merda, não, acabei de sacar uma coisa. Preciso falar com Ty Willard.

- O quê? Você acha que os médicos estão planejando fugir?

- Alô, Ty?

- Sim. - Orrin podia ouvir a voz dele no celular já que as janelas estavam fechadas.

- É o Jackson. Estamos voltando para a cidade, acabamos de ser ignorados pela Geri Lindsay. Você poderia entrar em contato com o promotor e dizer a ele para garantir que ninguém faça um acordo paralelo para soltar os médicos sob fiança? Além disso, você precisa garantir que eles fiquem na solitária e que não sejam colocados em celas comuns. Tenho a sensação de que Jerome Browne pode estar planejando manter esses caras no MCC, de um jeito ou de outro.

- Eu e o chefe estamos mais preocupados com o fato de Django atacá-los. - Willard respondeu - Aqueles caras não vão a lugar nenhum, disso você pode ter certeza. Você não se lembra do Presidente sendo citado no caso? Impossível eles sairem sob fiança e não vamos deixar ninguém chegar perto deles.

- Ótimo. Passaremos aí daqui a algumas horas.

- Então, o quê? Você acha que Browne pode mandar matá-los? - Orrin resmungou, um pouco irritado por Tommy ter ligado sem pedir sua opinião.

- Você a fez confessar, ela praticamente nos disse que sabia que Patch estava cuidando dela. - Tommy insistiu - Ela sabe onde suas amigas e seu guarda-costas estão. Todos estão juntos nessa. Ninguém está ajudando porque não querem que os médicos vão a lugar algum. Você a ouviu dizer "se" houver um julgamento. Se, de alguma forma, um desses caras pagar fiança, ele será morto antes mesmo de chegar a um quilômetro do aeroporto.

- Você acha que Jerome Browne quer se vingar tanto assim?

- Você a ouviu, Rampersad. Eles roubaram a carreira e tiraram a vida dele. O cara deve estar sentado em uma fortuna, mesmo que ele nunca mais jogue. Você acha que ele não pagaria caro para se vingar? Além disso, suponha que Ty e o chefe estejam certos em seu palpite sobre Django. Ele deve estar em uma situação difícil no momento. Já faz muito tempo que ele está no topo. Eles querem rostos novos em campo e ele sabe disso. Se Patch ou Combo o denunciarem, ele vai ficar preso por muito, muito tempo. Não importa como vai acontecer, ninguém vai jogar o nosso jogo. Só nos resta o Browne. Vamos até lá amanhã para tentar descobrir se é ele quem está planejando fazer alguma coisa.

- Parece ser uma boa ideia. De qualquer forma, teremos o fim de semana do Dia do Trabalho para pensar sobre isso.

- Assim como todo mundo.

Depois que os detetives foram embora, Geri Lindsay tomou dois comprimidos de oxicodona e foi até sua espriguiçadeira à beira da piscina, e ficou olhando para o céu ensolarado até adormecer como costumava fazer. Ali, ela reviveria o horror de seu sequestro várias vezes, fantasiaria sobre as opções disponíveis e pensaria seriamente sobre o que ela realmente faria antes de adormecer.

Quando ela olhou para trás pela milésima vez, ela viu claramente que tinha se transformado em um conflito de egos entre ela e Django Tamsulosin. Ela era constantemente atraída de volta ao bairro como uma mariposa em direção à luz, incapaz de dar um fim às lembranças dilacerantes e inseguranças que assombravam seus sonhos. Ele era a última figura de autoridade nos limites cada vez maiores de seu próprio mundo, cujos dedões ela ainda tinha que esmagar. Quando ela finalmente o fez - ela foi levada a isso:

Tudo começou com a paranóia da própria indústria. Todos no camarim sabiam que o próximo show deles poderia ser o canto do cisne. Geri lia nos tablóides e na internet que seus seios eram muito grandes, seus olhos eram muito pequenos e redondos, seu longo cabelo loiro não conseguiria aguentar a química constante e tudo o mais que pudessem encontrar para derrubá-la. A única maneira de recarregar as baterias e de tranquilizar a si mesma era voltar ao East Harlem para se deleitar com a adulação de seus velhos amigos. Ela aparecia na calçada depois que as boates fechavam no meio da noite, e todos se reuniam ao redor de sua limusine ou carro de luxo para uma festa improvisada. Os moradores de rua a adoravam como uma deusa, e seus amigos saíam de suas camas por causa da comoção e se reuniam para homenagear a divindade que retornava ao lar.

Uma noite, o Cadillac Brougham de Django estava estacionado no mesmo quarteirão de onde ela chegou quando ele estava fazendo uma ligação de negócios. Ele estava resolvendo um assunto difícil com um traficante de nível médio que enrolava para pagar. Ele estava irritado quando percebeu que Geri e sua comitiva estavam na rua. Ele soube que ela vinha fazendo aparições noturnas no bairro ultimamente e pensou que poderia melhorar seu humor se fosse conversar com ela.

- Ei, olha só se não é a própria Geri Lindsay! - Django apareceu, rodeado por quatro caras, ficando diante de Geri e uma dúzia de admiradores. Ela havia chegado em uma limusine e distribuído garrafas de um bar para que todos ficassem um pouco bêbados

- Toda bem vestida e passeando pelo bairro. Cara, você não sabe como é bom ver uma de nossas garotas finalmente se dando bem. Vem cá me dar um abraço!

O problema em retornar ao bairro era que, embora os moradores tenham seguido em frente e evoluído, o bairro permanecia o mesmo. Outro problema era que Django havia se tornado um cafetão, sendo uma de suas atividades secundárias lucrativas que vieram com o território. Quando houve uma disputa territorial e Django ordenou que um cafetão fosse morto, as prostitutas de rua dele foram disputadas e, como resultado, acabaram trabalhando para Django. Ele estava tão acostumado a trabalhar com prostitutas que às vezes perdia a noção do que estava fazendo. Como resultado, ele abraçou Geri com força o suficiente para apertar seus melões deliciosos contra seu peito e pegou uma boa parte da bunda dela através de seu vestido de noite de seda.

- Ei, pegue leve, tire as mãos da mercadoria! - Geri foi incapaz de mascarar sua irritação.

- Ah, vamos lá, querida, não fique tão irritada assim comigo. - Django sorriu enquanto se afastava para pegar mais champanhe de uma garrafa - Cara, eu me lembro de quando você estava na escola primária. Você tinha cabelo afro, peitos caídos, olhinhos verdes e redondos, lábios grandes e vermelhos, e braços e pernas finas. Sua mãe fez o melhor que pôde, mas não conseguiu evitar que você andasse por aí parecendo a "Raggedy Ann".

Os puxa-sacos começaram a rir e a fazer caretas, não percebendo o fato de que ele havia atingido um ponto sensível enquanto os olhos de Geri brilhavam de raiva.

- Era assim que a chamavam. - Django estendeu a mão, qualificando sua anedota - "Raggedy Ann". Foi uma época difícil. Quando ela ganhava as roupas usadas de suas primas, elas já não passavam de trapos. Ela percorreu um longo caminho. Um brinde a você, Geri!

- Não é mais "Raggedy Ann", Django, é Geri Lindsay. Eu sei que você não tem andado muito por aí hoje em dia, mas eu passei da miséria à riqueza e não foi vendendo crack.

- Ei, garotinha, não venha querer crescer para cima de mim. - O sorriso de Django desvaneceu-se um pouco - Eu vi você aqui no meu território e só passei para cumprimentá-la. Vejo pessoas se reunindo no meu quarteirão e gosto de ver o que está acontecendo. É bom ver você de novo, Geri.

- Sem problemas, Django. - Geri fungou e então virou-se para seu motorista que estava assistindo a tudo atentamente da janela da limusine - Vamos,

Lefty, tenho uma sessão de fotos daqui a algumas horas.

- Ela sempre será a "Raggedy Ann". - Ele disse aos seus homens enquanto se afastava, sua voz chegando até Geri, que ainda podia ouvi-lo.

- Aham, volte a vender seu crack. - Ela murmurou enquanto voltava para dentro da limusine.

Ele pareceu parar por uma fração de segundo, mas não se virou, continuando o caminho de volta para o seu Cadillac.

Ela percebeu que tinha passado dos limites naquela noite, mas não pensou nada a respeito na hora. Se ele quisesse fazer daquilo um problema, ela achou que ele teria se virado e questionado ela naquele momento. Ela não voltou a vê-lo depois disso, embora ela pudesse apostar sua vida que ele estava presente na noite em que ela foi sequestrada.

Ela havia retornado ao bairro três vezes após o encontro deles, mas ela não sabia que Django estava estacionado no quarteirão da última vez. Ele nutria ressentimento por causa do último encontro deles e estava irritado por ela continuar realizando saraus em seu território sem nem mesmo estender a mão para garantir que não havia nenhum mal-entendido. Ele mandava matar na mesma hora por muito menos do que a maneira como ela saiu. Havia muitas pessoas invadindo seu território e desafiando sua autoridade ultimamente. Era hora de ele enviar uma mensagem, lembrando a todos quem ele era.

Ele decidiu que iria entregá-la aos judeus em vez de deixá-la na rua. Ele já havia enviado mais de uma dúzia de pessoas à masmorra e ninguém as tinha visto novamente. Ele sabia que os Médicos Loucos estavam fazendo a coisa certa, e eles continuariam fazendo isso só que agora com aquela vadia desrespeitosa. Ele enviou um dos seus melhores capangas para a comitiva dela e todos deram lugar ao assassino conhecido. O homem dele se aproximou de Geri, colocou a droga na bebida dela e a atraiu para um beco lateral para uma cheirada especial de alta qualidade. Ela não percebeu que era heroína até que ficou inconsciente. O Brougham cruzou a rua e subiu o beco, e Geri foi vendada, amarrada e amordaçada antes de ser jogada no porta-malas e levada embora.

Django não conseguia acreditar que Geri e Jerome Browne, assim como quatro das prostitutas viciadas, ainda estavam vivos e que tivessem sido resgatados pela polícia. Ele achava ainda mais difícil de acreditar que ele ainda não tinha sido pego. Sua tripulação inteira estava em alerta máximo, e eles estavam prontos para matar qualquer um que entrasse no East Harlem em busca de vingança pelo incidente da brownstone e pelo julgamento dos Médicos Loucos.

Geri Lindsay era uma das pessoas que queria vingança, mas ela não se lembrava de quase nada. Tudo o que ela tinha eram seus pesadelos.

Tudo o que ela podia fazer era fantasiar a vingança contra aqueles que ela só podia imaginar - mas que de alguma forma sabia - que eram os responsáveis.

"*Sweet dreams are made of this*"[1], ela cantava em seu coração e em sua cabeça.

~

Listerine Walters foi a primeira mulher a ser levada ao porão. Ela estava se prostituindo há muito tempo e, mesmo depois de ter engordado, continuava confiante. Ela tinha fama por ser a melhor no sexo oral do East Harlem e nunca tinha problemas com os clientes que apareciam dia e noite. A maioria das garotas simplesmente agiam para que acabasse o mais rápido possível nos dias de hoje. Fazer do jeito certo era a especialidade de Listerine, e ela estava cada vez mais cansada de ter que trabalhar para Django por fazer um trabalho melhor do que qualquer outra.

Ele tinha uma regra de três em vigor e, depois de duas discussões, ele colocou um cão de guarda do lado de fora do cortiço dela para manter a contagem de quantos clientes passavam por dia. No final de semana, ele encontrou-se com ela. Quando o dinheiro estava muito a baixo do esperado, ele enviou seus homens para que ela fosse levada ao porão para processamento. Eles colocaram droga na bebida dela e ela foi amarrada, amordaçada e jogada em um porta-malas para uma viagem rápida até o laboratório.

A essa altura, Adam Rauch percebeu que essas pessoas eram levadas para lá em vez de serem baleadas na cabeça e jogadas no meio-fio. O que quer que acontecesse dali para a frente, seria feito na esperança de aproveitar ao máximo o que aquelas pessoas tinham a oferecer à humanidade com seu tempo restante.

Ele primeiro amputou a perna esquerda de Listerine, colocando-a em um dispositivo de suporte vital que bombeava fluidos vitais de um dispositivo robótico. Ele ficou surpreso com o sucesso e procedeu a remoção do braço direito dela para o mesmo fim. A lógica era que, ao contrário do Combo, ela não teria mais uso do braço direito, que deveria ser mais responsivo do que o esquerdo.

Adam ficou entusiasmado pelos avanços e procedeu a remoção dos olhos dela, colocando-os em um depósito para posterior experimentação com o equipamento que estava sendo enviado a ele pelo seu fornecedor. Sua ideia era que seria muito mais útil determinar se os olhos ainda estariam funcionais depois de um período de armazenamento. Ele então removeu um dos rins dela como um transplante para Combo, cuja condição física continuava a se deteriorar devido a sua doença avançada.

Ela era drogada constantemente, ficando viciada em narcóticos e colocada em uma jaula grande o suficiente para conter um gorila. Ela perdeu a noção do tempo, sabendo apenas que davam banho nela duas vezes por semana e que tinha permissão para usar o banheiro uma vez por dia. A mulher de quem ela ficou sabendo era Patch, que havia trocado suas fraldas e tratado de suas feridas e infecções. Ela foi colocada em uma dieta líquida, o que tornou mais fácil lidar com seus movimentos intestinais. Eles a estavam usando para diferentes tipos de experimentos e ela se encontrava na maca de exames de vez em quando. Sempre que o efeito das drogas passava, ela tentava gritar, mas Patch aparecia e lhe aplicava uma injeção. Ela tinha pesadelos de que estava no inferno dando sua cabeça aos demônios por toda a eternidade. *Isso* teria sido muito melhor do que ela estava vivendo ali.

Com o tempo, ela percebeu que tinham colocado outra mulher em uma jaula ao lado dela. Ela podia ouvir a comoção, os gemidos e os gritos dela de vez em quando. Depois de um tempo, apareceu outra mulher ali e, finalmente, uma última. Aparentemente, elas estavam sendo mantidas naquele canil humano para algum propósito ímpio. Em seus momentos de clareza, ela implorava a Patch para matá-la, mas então vinha a aplicação e ela caía no esquecimento.

Até que finalmente aconteceu o resgate e ela acordou no Hospital Bellevue, onde foi explicado o que havia acontecido e o que estava sendo feito por ela. Ela foi transferida para um centro de reabilitação no interior do estado de Nova York, onde estava sendo tratado o seu vício. Ela concordou em ser entrevistada para o *Bom Dia América,* e a próxima coisa que ela ficou sabendo, foi que tinha sido contatada por pesquisadores da França. Eles desenvolveram um conjunto de olhos robóticos que seriam implantados cirurgicamente. O procedimento envolveria nanocirurgia, que repararia e ligaria os nervos cortados de seu cérebro ao aparelho. Ela veria imagens cinzas transmitidas eletronicamente pelo resto da vida, mas o procedimento seria anunciado como um avanço sem precedentes. Listerine concordou imediatamente.

Ela também foi contatada por vários advogados, um dos quais levou para ela uma mensagem enigmática. Ela foi lembrada de que ainda tinha família e amigos no Harlem, cuja segurança dependia de sua cooperação. Ela não deveria dizer nada sobre suas experiências a ninguém. As coisas estavam sendo negociadas e resolvidas e tudo seria revelado no devido tempo. Havia pessoas poderosas que sabiam de seu sofrimento e que iriam recompensá-la pelo favor. Ela foi informada de que, assim que o julgamento e o processo do júri terminassem, ela seria contatada novamente para que as providências de sua compensação pudessem ser feitas.

Assim como Geri Lindsay, ela estava ansiosa para

deixar isso para trás e seguir em frente mesmo com a sua vida destruída. Ela atendeu ao pedido de silêncio e rezou silenciosamente para que a justiça fosse feita.

O tempo estava passando rápido conforme o dia do acerto de contas se aproximava.

CAPÍTULO NOVE

Na manhã seguinte, os detetives foram até *Jersey Shore* para se encontrar com Jerome Browne. Mais uma vez, eles se encontraram no BQE, pegando a I-278 até a I-95 até onde a via expressa *New Jersey* se encontrava com a via expressa *Garden State*. Eles viraram à esquerda na rodovia 72, cruzando *Manahawkin Bay* até *Long Beach Boulevard*, dirigindo para o sul até a mansão de 15 milhões de dólares que ficava em uma área com vista para o *Little Egg Harbor*.

Mais uma vez, eles foram confrontados por guardas armados que estavam estacionados em posições estratégicas ao longo da propriedade à beira-mar, comunicando-se por rádio enquanto confirmavam a identidade dos detetives e anunciavam a chegada deles. Eles foram escoltados até a área de estacionamento de duas garagens e depois até a varanda do segundo andar, onde Jerome Browne os esperava. Eles tiveram pouco tempo para admirar a arquitetura majestosa e os móveis requintados dentro da casa branca futurista. Eles descobririam em breve que Browne era um homem que estava afiando seu machado, com pouca paciência para distrações.

Os parceiros normalmente loquazes ficaram surpresos com a visão do braço robótico de Browne, cujas fotos não foram tão fiéis. Era um apêndice monstruoso usado por um homem de dois metros de altura e que pesava cento e quarenta quilos, sendo que trinta ele ganhou desde que tinha saído do cativeiro. Como o de Combo, o apêndice reagia lentamente aos impulsos cerebrais de Browne. Ao contrário do de Combo, esse foi construído com um material mais leve e fixado cirurgicamente sem um suporte de treliça. Browne continuava viciado em analgésicos para lidar com o estresse.

- Visitamos a casa de Geri Lindsay ontem. - Tommy informou enquanto agradeciam ao mordomo de Browne pela *Harvey Wallbangers* servida de uma jarra - Achei que seria impossível se aproximar do paraíso de novo até agora.

- Sim, bom, você pode pensar de outra forma, mas essa visão idílica não tira minha mente da merda. - Browne disse sarcasticamente. Ele usava o cabelo em um estilo afro modesto e tinha deixado crescer um cavanhaque que lhe dava uma aparência malévola. Ele claramente exibiu o pavio curto que os viciados em sedativos normalmente exibem - Geri falou algo de diferente do que estava no depoimento da polícia?

- Não, não totalmente. - Orrin ia deixar Tommy prosseguir, o que Tommy fez com uma certa relutância.

Eles sabiam que Browne poderia enxotar ambos da varanda com o braço de robô tranquilamente.

- Então o que faz vocês pensarem que comigo vai ser diferente?

- Como mencionei por telefone, hoje é o meu último dia para ajudar o promotor a reunir as informações dele para a abertura do julgamento na terça-feira. - Tommy pigarreou - Como eu disse a Lindsay, minha esperança é que você se lembre de algo que pode ter passado despercebido após a tragédia que você sofreu.

- Você está se referindo a um incidente específico?

- Geri mencionou algo que nos deu a impressão de que todos estavam se mantendo firme até o julgamento para garantir que não haveria um recurso de última hora que libertasse qualquer um dos médicos sob fiança. - Orrin intercedeu - Bom, faltam cerca de noventa e seis horas para o jogo começar e, a menos que o juiz saia da cama no meio da noite e assine uma ordem judicial que será como cuspir na cara do Presidente dos Estados Unidos, entre outros... Não acho que isso vai acontecer.

- Eles ainda estão tentando extraditar Edward Snowden por aquela merda do Wikileaks, não estão?

- Snowden já havia fugido para Hong Kong. - Tommy apontou - Os médicos estão sob custódia no MCC e a polícia de Nova York reforçou a segurança. Os meus chefes estão preocupados que um determinado traficante de drogas possa mandar matá-los. No meu ponto de vista, isso pouparia ao estado as despesas de um julgamento, sem mencionar hospedagem e alimentação para quatro pessoas, mas essa é só a minha opinião.

- Você está falando de Django Tamsulosin? - Browne tirou um pistache de uma travessa enorme de nozes sortidas antes de empurrá-la sobre a mesa de mármore na direção dos detetives. - Vamos acabar com essa merda logo, não tenho o dia todo.

Você sabe que eu sou do bairro e voltei lá várias vezes, assim como a Lindsay. Deixe-me perguntar uma coisa: vocês já voltaram para o seu antigo bairro?

- Claro. - Tommy deu de ombros - Amigos, família, essas coisas.

- Não faz diferença para mim, ou para a Geri, ou para qualquer outra pessoa. Sempre que você precisa se beliscar para se lembrar de que não está sonhando, tudo o que você precisa fazer é voltar para casa. A maioria das pessoas nunca volta porque elas temem que seu passado as atormente. Alguns de nós voltam para se assegurar de que realmente conseguimos. É o que se pode chamar de catártico. Você sabe que eu poderia ter sido como o Django. Eu poderia ter pegado uma arma e ter feito o caminho mais difícil, mas em vez disso, peguei uma bola de basquete e fui para a faculdade. Django poderia ter seguido o mesmo caminho que eu se tivesse dois metros de altura.

- Sim, e ele poderia ter seguido o mesmo caminho que o meu se tivesse ido para a escola de polícia.

- Objetivos grandiosos, ideais elevados. - Browne disse sarcasticamente - Ele poderia ter sido Joel Madden, ou até mesmo Colin Powell ou Barack Obama. Mas ele decidiu ficar em casa e desenvolver sua própria indústria. Às vezes, quando você volta, você acaba pisando no pé das pessoas quando elas não estão lhe esperando. Você já recebeu aquele olhar de alguns dos caras do bairro, quando descobriram que você se tornou um policial?

- Você sabe como é, as pessoas não gostam de policiais por perto, a não ser que precisem de um.

- Às vezes é o que acontece. - Ele balançou a

cabeça sabiamente - Quando eles querem alguma coisa, ficam em cima da gente como moscas na merda.

- Houve algo um tempo atrás quando você se envolveu em um projeto de restauração na comunidade e que diziam que você estava tendo problemas com um dos traficantes. Agora, se é Django que está no comando desse negócio, seria errado presumir...?

- Olha, se acontece alguma merda com uma atendente na janela do drive-thru do McDonald's, você vai chorar com o Ronald McDonald? É o mesmo princípio. Vocês são policiais, deveriam saber disso. Os traficantes de rua são proprietários de franquias e operam sob a bandeira do chefe local. Eles se estabelecem, recebem seus produtos em consignação e devolvem a quantia acordada. Agora, você consegue alguns filhos da puta para salvar o mundo, ou até mesmo melhorar os tipos justos do bairro, eles podem falar em derrubar os buracos de rato ou forçar os proprietários a consertá-los. Isso coloca em risco a franquia do revendedor que opera por lá ou o abastecimento dos drogados em busca da próxima dose. Eu vou até lá e pergunto por que ninguém quer fazer alterações e o traficante vem até mim e pergunta: "Por que eu? Por que você não vai corrigir o próximo quarteirão?" ... Você vai para o próximo e o outro cara faz a mesma pergunta. No momento em que você termina de vasculhar a área, você descobre que perseguiu seu próprio rabo pelo East Harlem.

- Então, e quanto ao Combo? - Orrin mudou de rumo - Ele ajudou vocês a saírem de lá. Você não perguntou a ele por que é que ele não vai testemunhar contra os médicos que fizeram isso com vocês?

- Acho que todos estão só esperando para vê-los no tribunal para ver como eles irão se declarar, se algum acordo será feito ou não. Se os médicos assumirem a culpa, então não haverá julgamento. E então o que acontece com o acordo de Combo? Até ele ser indiciado, se eu fosse ele, não faria merda nenhuma. Aos meus olhos, ele é um herói, ele ajudou a salvar minha vida. Mesmo que ele fosse o único na mesa distribuindo as facas cirúrgicas, ele ainda me ajudou a encurralar aqueles bastardos e a destruir o local por tempo suficiente até os policiais chegarem.

- E quanto a Patch? Eu tenho uma entrevista que foi gravada ontem que captou um deslize. Geri praticamente nos disse que Patch a alimentava uma vez ou outra. Eles estavam mantendo quatro mulheres em jaulas, pelo amor de Deus! - a expressão de Tommy era de obstinação - Eles arrancaram os olhos de uma mulher, um braço, uma perna e até mesmo um rim dela!

- Você não precisa me lembrar do que eles pegaram. - Browne parecia mal-humorado.

- Olha, Jerome, se pegarmos um deles - Patch ou Combo - pegamos os médicos pelas bolas. Eles estão tentando culpar o Doutor Cyclops, e se não conseguirmos provar sem sombra de dúvida de que não existe esse tal de Cyclops, eles podem se safar. Se isso acontecer, tudo o que você poderá fazer é levá-los ao tribunal civil. Será como foi com OJ Simpson. Você não pode pegar o que eles não têm. Eu sei que você quer que a justiça seja feita tanto quanto qualquer uma das outras vítimas.

- Quem alimentou você, Jerome? Um cara do seu tamanho, eles não poderiam mantê-lo com uma dieta líquida por três semanas, não depois desse tipo de operação.

- Eu estava drogado, cara. Assim como a Geri e todos os outros. Eu ainda estaria lá se eles não tivessem pulado minha dose naquela noite - e se Combo não tivesse apoiado minha jogada. Não, vocês não vão pegar o Combo. E podem ter certeza de que a justiça será feita.

A discussão de Jerome Browne com Django Tamsulosin foi um pouco mais explosiva do que com Geri Lindsay. Jerome tentou encontrar-se com Ronald McDonald. Ele mandou dizer que queria falar com Django e eles encontraram-se no Restaurante Wells na 132nd Street. Era o mesmo lugar onde Denzel Washington atirou em Tango em *O Gângster*, o que ambos acharam divertido e irônico. O que eles não acharam engraçado foi a conversa que se seguiu. Jerome queria reformar uma das principais casas de crack e Django se recusou a ajudar. A discussão ficou feia quando Jerome o acusou de levar uma praga para o bairro. Django disse a Jerome que ele estava usando o projeto de restauração para inflar o próprio ego. Jerome saiu depois de mandar Django ir se foder.

Ele recebeu a notícia de que Django queria marcar uma conversa e que um mediador estaria disponível para encontrá-lo no *Shrine Bar and Restaurant* perto da 134th Street, naquela noite fatídica. Jerome iria estar no bairro de qualquer maneira, então ele ligou e disse que iria até lá para uma bebida e uma conversa. Foi tão casual que

Jerome nem mencionou isso para nenhuma de suas namoradas, para o seu assessor de imprensa ou para os seus colegas de trabalho. A equipe estava de folga naquele verão, então não havia nada que exigisse a atenção dele naquela noite.

Jerome lembrou-se de ser um traficante de nível baixo, o que o surpreendeu e o insultou. Ainda era cedo e não havia muitos clientes, então ele não estava sendo incomodado por bêbados pedindo autógrafos e fotos. O traficante estava jogando conversa fora, o que era altamente irritante, tornando óbvio que Django estava fazendo jogos mentais.

Ele estava prestes a ir embora quando duas mulheres negras gostosas se aproximaram, cumprimentando o traficante. Elas estavam animadas por conhecer Jerome Browne pessoalmente. Elas encenaram tão perfeitamente que ele nunca conseguiu descobrir quem colocou a droga em sua bebida. Ele se lembra de ter ficado tonto e de que o traficante o acompanhou até o banheiro, onde ele ficou incoerente. Ele foi conduzido por uma saída que ficava nos fundos e essa foi a última coisa que ele se lembrava.

Ele também se lembrava de ficar amarrado a uma maca a maior parte do tempo, onde acordava de vez em quando apenas para ser dopado novamente com uma agulha na veia. Havia uma pessoa que cuidava dele regularmente, ajudando-o a se sentar, caminhando com ele e alimentando-o. A luz era muito fraca e eles estavam dando a ele outras drogas que o mantinham em *Palookavilla* o tempo todo. A pessoa levava para ele coisas do McDonald's, principalmente hambúrgueres, nuggets e batatas fritas. Ele não sabia dizer se era uma mulher ou uma fada até que sua hora finalmente chegasse.

Jerome passou muito tempo tentando manter sua mente forte. Ele fazia contas de adição e subtração de três dígitos mentalmente, repassou cada uma de suas jogadas e revisou mentalmente seu manual de estratégia do New York Knickerbockers várias vezes. Ele também fantasiava o que faria com aqueles filhos da puta. Ele sabia que de alguma forma tinha perdido seu braço e que eles o substituíram por um membro robótico. A pessoa o treinava para trabalhar os dedos com uma voz de fada:

- Ombro - cotovelo - pulso - dedos. Um - dois - três - quatro - cinco.

Aquilo tornou-se um mantra para ele, e ele sabia que estava progredindo durante seus momentos de clareza porque podia ouvir os dedos estalando em resposta a seus pensamentos: *"um - dois - três - quatro - cinco"*. Só que, neste dia em particular, ele piscou e pôde ver o teto sombrio. Ele sentia uma pontada no ombro que se tornou um desconforto latejante e ficou se perguntando por que não estava recebendo seus remédios. De repente, ele começou a ouvir várias vozes masculinas vindo de uma sala próxima. A pessoa estava atrasada. Ele tinha um tempo para agir.

Ele tentou se mexer e percebeu que estava amarrado à maca assim como seu pulso direito. Estava na hora de ver o que aquele bebê de metal poderia fazer. *"Ombro - cotovelo - antebraço"*. Deveria haver um antebraço. *"Ombro - cotovelo - antebraço. Ombro - cotovelo - antebraço"*.

Imediatamente, houve um ruído audível de algo rasgando quando as correias se soltaram da maca e ele viu o braço de metal parado no ar ao seu lado. Na hora ele ficou frenético e se esforçou para se acalmar, como se estivesse fazendo um lance livre que colocaria os Knicks nas eliminatórias. Aquela coisa maldita reagia aos impulsos cerebrais e o truque era que cada pensamento tocasse a base de cada componente que precisava ser ativado. *"Um - dois - três - quatro - cinco. Um - dois - três - quatro - cinco".*

Jerome tinha terminado o terceiro ano na Columbia University e não era um homem estúpido. Ele pegou o jeito da coisa em pouco tempo e, em alguns minutos, arrancou a alça de seu peito para que ele pudesse se virar o suficiente para que seu braço alcançasse seu pulso direito que estava preso. Quando ele o soltou com um estalo, um sorriso maligno surgiu em seu rosto. Eles precisariam de uma arma para derrubá-lo agora. Ele se lembrou do Coisa do *Quarteto Fantástico* nas histórias em quadrinhos.

Estava na hora do pau.

~

Quando os médicos chegaram, Patch e Combo ficaram surpresos com a agitação enquanto desciam a escada e se reuniam com Adam na área da recepção.

- Isso é ridículo, Adam. - Abe Javits estava irritado - Estamos nos preparando para a temporada de Hanukkah e você está jogando essas coisas nas nossas costas. Quando você me ligou, disse que iríamos nos encontrar para encerrar os procedimentos para o fim do ano. No caminho, você nos diz que pode precisar de nós para alguns procedimentos de última hora antes dos feriados. Agora que entramos neste lugar maldito, você diz que talvez tenhamos que vir para cá nos próximos dias. Você disse que tinha tudo sob controle e espera até Hanukkah para nos dizer que não está dando conta?

- Ei, e eu nem sei por que estou aqui. - Isaac Vadim fez questão de dizer - Você tem trabalhado muito bem sem mim nessa pele transgênica. Na verdade, eu deveria pedir ajuda para administrar minha unidade no hospital. Ei, é só perguntar a Patch. Patch, você acha que ele precisa da minha ajuda com seus procedimentos?

Os quatro olharam para onde Patch e Combo estavam bisbilhotando, olhando maravilhados do outro lado da sala, onde eles haviam baixado o volume da TV para ouvir melhor. Patch ficou pasma e apenas levantou as mãos apreensivamente.

- Viu só? Patch disse que você não precisa mais de mim.

- É que nós temos... outros pacientes chegando. O Doutor Cyclops tem mais equipamentos que estão vindo do exterior e temos que fazer o teste beta imediatamente. Eu lhe disse que essas coisas estavam vindo de um país repressor e ele está sob uma pressão tremenda. Ele tem itens que precisa descarregar e precisa que aceleremos as coisas do nosso lado para poder justificar os gastos. Eles estão felizes com o que realizamos - entusiasmados, na verdade - mas estão muito acima do orçamento. Eles estão ameaçando nos desligar se não conseguirem que seu pessoal faça outro grande investimento.

- Adam, - Noah Birnbaum começou a argumentar com ele - da última vez que estive aqui, você tinha um braço e uma perna humana respondendo a estímulos elétricos e físicos, e um par de olhos transmitindo imagens para uma tela de computador. Você disse que tinha enviado vídeos do Combo. O que diabos eles querem que façamos? Que construamos um monstro Frankenstein?

- Bom, - Adam batia distraidamente com uma caneta no protetor de sua mesa - não sei se estamos muito longe disso.

. - Ei! - Abe inclinou-se para frente - Foda-se seus investidores, foda-se o Doutor Cyclops e foda-se você. Eu disse desde o início que estava apenas proporcionando um investimento modesto e um aconselhamento como um favor pessoal a todos vocês. Eu sei que você salvou a vida do Combo e melhorou muito a qualidade de vida da Patch. Aquilo que você estava fazendo com aqueles membros humanos estava passando dos limites e eu avisei, mas não insisti porque eu já vi coisas assim em laboratórios de pesquisa antes. Agora, tem mais pessoas vindo para cá. De onde? Quem são eles? Que tipo de cirurgia vamos fazer? Não me importei de trabalhar com Combo porque era uma situação de vida ou morte. Você nos disse que esse seu Doutor Cyclops estava fazendo o trabalho pesado e que *ele* viria trabalhar durante o Hanukkah.

- Ok, pessoal, isso é sobre Hanukkah? - Adam perguntou.

- Não, não é... não para mim. - Isaac olhou nos olhos dele - Estou com um mau pressentimento. Você está arriscando tudo o que temos com este seu projeto. Você disse que era só sobre os membros robóticos e isso foi um sucesso maravilhoso. Então alegou que fez um transplante de rim no Combo com a ajuda de Abe e eu ajudei você a fazer aqueles enxertos de pele no torso de Patch, que também foi um sucesso. Eles são pacientes internos que trabalham conosco. Desenvolvemos um vínculo de confiança com eles. O que diabos você acha que vai acontecer a seguir? Abrir uma clínica ambulante? Por que simplesmente não abrimos uma clínica de aborto enquanto estamos nisso?

E então, naquele momento, houve um barulho estrondoso e todos na sala olharam horrorizados enquanto Jerome Browne cambaleava pela porta da Sala #2, atirando a porta pesada para o lado como se ela fosse de papelão.

- Não vamos precisar de nenhum policial! - ele rugia - Eu vou matar todos vocês, seus filhos da puta!

- Ouçam com muita atenção - Adam dizia calmamente, enquanto eles olhavam horrorizados para o homem negro gigante com um braço esquerdo robótico balançando na porta, com as pernas ainda fracas por causa dos narcóticos e dos sedativos - Precisamos chegar ao depósito e nos trancar lá para podermos ligar para pedir ajuda. Este paciente está sob o efeito de drogas e está fora de controle.

- Meu Deus do céu! - Isaac ficou de boca aberta - É o Jerome Browne dos Knicks! Ele está desaparecido há semanas!

- Ele sofreu um acidente e tivemos que tirar seu braço. Suspeitamos que tenha sido um crime, mas ele não disse nada, além de que ele tem estado sedado. - Adam saltou da cadeira e correu para a câmara fria - Patch, chame a polícia!

- Faça isso e eu arranco a sua cabeça! - Jerome rugiu para ela enquanto os médicos corriam por causa de sua voz.

Geri Lindsay, assim como Jerome Browne, podia ouvir o tumulto do lado de fora. O estrondo e a gritaria a fizeram despertar e ela sentiu as amarras que a prendiam na maca sobre a qual estava deitada. Só que ela não tinha sido amarrada como Jerome, principalmente devido ao fato de que Patch não apenas admirava sua linda pele, mas pensava que poderia até ser dela um dia. Ela estava levemente amarrada e se soltou dos laços do pulso para que pudesse se sentar e se soltar. Ela soluçou miseravelmente quando percebeu que sua perna havia sumido, mas sua tristeza se transformou em horror quando ela ouviu os gritos e apelos atrás da porta fechada atrás dela.

Ela sabia que havia mais prisioneiros, mas estava grogue demais para fazer qualquer coisa. Além disso, ela estava sem uma perna e percebeu que teria que rastejar para sair dali.

- O meu nome é Geri! - ela gritou em direção à porta - Vou pedir ajuda, vou chamar a polícia!

- Por favor, venha nos ajudar! - uma mulher gritou histericamente; já tinha passado da hora da dose agendada e todas elas estavam acordadas - Estamos presas em jaulas!

- Estou indo! Fiquem calmas! - Ela sentou-se e colocou a perna direita na lateral da maca. Ela sabia que não tinha como pular com uma perna só, não tão confusa como ela estava. Se ela pudesse chegar até o chão, poderia rastejar até a entrada principal. Ela apenas rezou para que não estivesse trancada, e ela não tinha ideia do que estava por trás dela. Tudo o que ela sabia era que arrancaria os olhos da primeira pessoa que se aproximasse dela.

Ela tentou se abaixar com cuidado, mas caiu no chão de ladrilhos. Ela se recuperou assim que a dor inicial passou e tentou descobrir como prosseguiria. Ela decidiu que a melhor maneira seria ir de mão direita e mão esquerda e puxar o joelho para a frente.

Isso permitiria que ela cruzasse o chão rapidamente. Por um breve momento, ela sentiu-se uma menininha novamente, jogando algum jogo bobo de rastejar com uma perna só. Por mais estranho que pareça, isso tirou sua mente do desespero e permitiu que ela chegasse até à porta. Ela testou a maçaneta e empurrou a porta quando percebeu que estava destrancada.

~

- Você vai me ajudar aqui, meu? A mesma merda que fizeram comigo, fizeram com você. Vamos, me ajude aqui!

Combo estava com seus remédios atrasados e agora conseguia pensar com muito mais clareza. Ele sentia seu torso latejar, queimar e coçar por dentro e por fora devido aos pontos em camadas. Ele estava surpreso por estar cara a cara com um de seus jogadores favoritos do Knicks, mas horrorizado que eles tivessem feito aquilo com ele. Os noticiários diziam que ele estava desaparecido há mais de três semanas e ninguém tinha a menor ideia de seu paradeiro. Obviamente, ele tinha sido levado para lá e também era óbvio que ele não estava ali por escolha própria. Os médicos se trancaram no depósito e, com certeza, estavam tentando escapar de sua ira.

- Puta merda, Combo, o que vamos fazer? - Patch estava de boca aberta.

Na mesma hora, eles viram Geri Lindsay aparecer da Sala #1, olhando ao redor aterrorizada antes de rastejar desajeitadamente até à escada. As outras três pessoas na sala pararam espantadas por um bom tempo antes de Jerome puxar e bater na porta de metal com seu braço robótico, amassando sua superfície.

- O que você quer que eu faça? - Combo começou a cambalear na direção de Browne.

- Ajude-me a derrubar esta porta. - Jerome exigiu - Vou descobrir quem fez isso comigo!

Patch estava ficando frenética enquanto ouvia os gritos das mulheres ficando cada vez mais altos dentro da divisória. Ela viu Geri subindo os degraus e sabia que teria que contorná-la, e que ela poderia fazer qualquer coisa naquela situação. Geri era maior que Patch e, se ela a agarrasse em seu estado de frenesi, ela poderia facilmente partir para o ataque.

Patch ficou angustiada ao perceber que tudo aquilo era porque ela perdeu a hora das medicações, algo que Adam já tinha brigado com ela algumas vezes. Aquilo explodiu em uma tempestade de fogo que estava fora de controle e Patch não conseguia enxergar nenhuma saída.

Impulsivamente, ela correu para a porta aberta que levava à área dos fundos, na esperança de conseguir drogar as mulheres enjauladas e possivelmente consertar as coisas de lá. Se ela conseguisse pegar uma seringa cheia, poderia agarrar Geri e espetá-la antes que ela chegasse à rua. Só que quando ela correu e abriu a porta, ela viu as mulheres esmurrando suas jaulas como chimpanzés enlouquecidos, com os punhos sangrando contra as barras de metal. Ela correu para o cofre e tentou abri-lo, mas estava tão distraída e perturbada que não conseguia acertar a combinação.

Tudo estava desmoronando!

Geri havia chegado à porta da frente, mas percebeu que teria que se ajoelhar para alcançar a maçaneta. Ela estava exausta por subir os degraus e se arrastar pelo corredor. Ela pensou em bater às portas, mas não arriscaria a possibilidade de os inquilinos estarem envolvidos na operação. Ela estava chorando de medo enquanto reunia suas forças e se apoiava na perna, puxando-se para cima na maçaneta da porta. Ela girou a maçaneta até fazer um clique, depois caiu de volta no chão enquanto abria a porta.

Com a adrenalina a mil, ela entrou no vestíbulo e encontrou outra porta fechada. Ela soluçava de dor e terror enquanto se levantava novamente e se encostava na porta. Mais uma vez, ela girou a fechadura e sentiu uma brisa noturna soprar em seu rosto ao cair na soleira da porta que levava à 137th Street. Ela continuou rastejando pelo degrau da frente, chegando ao corrimão onde ela sentou-se e começou a gritar com toda sua força:

- Socorro! Alguém me ajude!

Ela decidiu então que seria melhor rastejar para a rua e chegar à esquina na Avenida Lenox. Se um carro passasse, até mesmo o traficante mais ferrenho pararia para ver o que estava acontecendo com uma mulher rastejando pela rua em uma camisola hospitalar.

- Ei, garota. - Uma bêbada subiu o quarteirão em direção ao meio-fio onde Geri havia chegado; sua camisola agora coberta de gosma e seu cabelo emaranhado estava caindo em volta de seu rosto - O que aconteceu com você?

- Chame a polícia! - ela estava chorando - Alguém cortou minha perna!

- Puta merda! - Seus olhos vidrados se arregalaram de horror quando Geri puxou a camisola para mostrar apenas uma perna linda - Ok, querida, vou subir a rua e trazer alguém para cá!

Em poucos minutos, o sofrimento dos cativos da brownstone acabaria e o dos médicos tinha apenas começado.

JOHN REINHARD DIZON

apenas uma perna linda - Ok, querida, vou subir a rua e trazer alguém para cá!

Em poucos minutos, o sofrimento dos cativos da brownstone acabaria e o dos médicos tinha apenas começado.

CAPÍTULO DEZ

- Vamos, Mo, vamos chegar atrasados! - Tommy Jackson gritou na porta do banheiro, olhando para seu relógio. Eram seis da tarde de domingo e ele disse a Orrin que ele e a Maureen chegariam às sete.

Eles moravam no *Lower East Side*, não muito longe da *Delancey Street*, mas Tommy tinha um fraco por pontualidade. Eles mandaram as crianças para passar a noite na casa dos pais de Maureen e compraram vinho e queijo como presente para os Rampersads. Eles estavam a apenas cerca de vinte minutos de distância e provavelmente não teriam problemas com o trânsito em uma noite de domingo.

- Estou apenas arrumando meu cabelo e fazendo minha maquiagem. Já estou indo. - Ela gritou de volta.

- O que você quer dizer com "arrumando o cabelo"? Seu cabelo é liso, porra! - Ele gritou, depois sentou-se e ligou a TV.

- Por que você ligou a TV? - Ela saiu do banheiro e apagou a luz.

Ele olhou para a maquiagem dela duas vezes:

- Uau! Você está parecendo uma estrela pornô. Vem cá!

- Achei que você tinha dito que estávamos atrasados. Ei, é melhor que você não esteja assistindo esse tipo de merda.

- Vou ligar para eles e dizer que você ficou doente.

- De jeito nenhum. Estou indo para o carro. Pegue o vinho e o queijo.

- Ok. - Ele disse e desligou a TV - É você quem vai dirigindo?

- Não, acabei de fazer minhas unhas. - Ela respondeu e fechou a porta atrás de si.

Django Tamsulosin estava impaciente enquanto se sentava no banco de trás do carro, olhando para o relógio:

- Por que diabos esse cara está demorando? - ele resmungou - Não vou ficar sentado aqui a noite toda.

- Ele disse que chegaria por volta das seis, acho que ele está atrasado. Talvez você deva esperar mais cinco ou dez minutos.

- Para um filho da puta de meio grama? Por que você não liga para ele?

- Vai direto para o correio de voz. Ele deve ter desligado o celular para que não houvesse interrupções.

O capanga de Django, Nero, tinha recebido a ligação há cerca de uma hora antes. Slim Jim, da 139th Street, disse que teve uma conversa com um dos caras de Jerome Browne sobre pegar alguém que ele achava que tinha armado seu sequestro. Embora Django soubesse que ele estava muito longe de estar fora da rede, isso poderia indicar que Browne ainda não tinha ligado os pontos. Seu capanga, Knowshon, que armou o sequestro, estava morando em Tampa, esperando a confirmação da morte de Jerome Browne. Aparentemente, Jerome não sabia que Knowshon trabalhava para Django e, mesmo que soubesse, isso não era uma prova de que Django havia armado tudo.

Apesar de sua própria preocupação razoável, as coisas pareciam muito boas até o momento. Ninguém tinha dado seu nome, nem os médicos, Patch ou Combo. Os únicos com quem ele realmente teve contato foram Rauch, Patch e Combo, então, se nenhum deles dissesse nada, nada iria acontecer. Ele simplesmente não conseguia acreditar que aquele judeu estúpido, Rauch, havia mantido aquelas pessoas vivas. Ele pensou que estava apenas tirando o sangue, os órgãos e o que mais ele precisasse, como fez com as primeiras seis vítimas que Django largou lá. O problema era que ele não levou os últimos seis à beira da morte como os primeiros. Esse foi obviamente o erro fatal. Rauch simplesmente não teve coragem de acabar com eles.

- Ok, lá vamos nós. - Nero disse quando um carro dobrou a esquina e cruzou lentamente atrás do Brougham, piscando o farol alto, como era o sinal combinado.

Eles estavam estacionados bem na esquina do santuário, servindo como uma desculpa se os policiais aparecessem primeiro. Eles observaram enquanto o motorista estacionava o carro e subia a calçada ao lado do passageiro.

- Por que não nos encontramos lá dentro? - Django resmungou.

- Provavelmente não quer ser visto em público, caso algo aconteça.

- Como o quê?

O homem parou abruptamente na porta traseira e Django ordenou a Nero que baixasse a janela.

- Que porra é essa? - Django gritou com Slim Jim.

- Jerome Browne mandou lembranças.

Django observava assustado quando ele sacou um .357 Magnum, apontou e atirou no rosto de Tamsulosin. Quando a janela explodiu, o atirador avançou e acertou mais três tiros na cabeça. Ele jogou o revólver pela janela no corpo de Django e, então, desceu calmamente a rua e foi embora.

Nero saiu do carro e caminhou com a mesma naturalidade pelo quarteirão até o santuário, onde esperaria até que sua carona chegasse.

Naquele momento, a polícia de Nova York estava perseguindo um veículo que descia a Franklin D. Roosevelt Drive a cento e trinta quilômetros por hora. O carro finalmente parou na Saída 5 junto a Houston Street. Um policial saiu do lado do passageiro da viatura e ordenou ao motorista que abrisse a janela e mostrasse as mãos. Eles ficaram surpresos ao encontrar Jerome Browne ao volante; um cheiro forte de uísque invadindo as narinas do policial.

- Senhor Browne, - Normalmente o oficial pedia a carteira de motorista e o documento do carro, apesar de ter reconhecido a estrela da NBA - você bebeu esta noite?

- De jeito nenhum! - Jerome estava hostil.

O outro policial aproximou-se depois que o despachante verificou a placa do carro.

- Ela disse que é o Jerome Browne.

- O carro cheira a álcool, mas ele não parece

bêbado. Eu o deixaria ir, mas suas atitudes não são boas. Se ele se envolver em um acidente no caminho para casa, eles vão acabar com a gente.

- Senhor Browne, poderia sair do veículo? - o segundo policial perguntou.

- Foda-se, não! - Jerome rosnou - Não fiz merda nenhuma. Apenas me dê a merda da minha multa.

- Não, chega. - O segundo policial sentiu o cheiro do álcool - Senhor Browne, o senhor precisa sair do veículo. Vai precisar fazer o teste do bafômetro ou teremos que prendê-lo.

- Foda-se essa merda. Eu não vou fazer teste nenhum.

- Senhor Browne, saia do carro; vamos ter que levá-lo.

- Por mim tudo bem. - Jerome saiu do veículo.

Os oficiais estavam distraídos com o desdobramento do drama. A nação inteira tinha ficado hipnotizada por causa do desaparecimento da estrela da NBA apenas algumas semanas após o desaparecimento da supermodelo Geri Lindsay. Quando aquele buraco do inferno no Harlem ganhou as manchetes internacionais, a imprensa mundial conseguiu entrevistas com todos os cativos resgatados, exceto Browne. O advogado de Jerome deu declarações à imprensa, assim como a gestão do Knicks, mas Browne se recusou a falar com qualquer um. Agora, ali estavam eles, as cabeças dos dois policiais mal alcançando os ombros do suspeito. Parecia quase uma blasfêmia usar a palavra suspeito para descrever um ícone do esporte que havia sido resgatado das torturas dos condenados há apenas alguns dias.

- Senhor Browne, lamentamos ter que fazer isso,

mas o senhor está preso por risco imprudente por conduzir um veículo motorizado em velocidades excessivas em uma via principal e por se recusar a fazer o teste do bafômetro.

- Eu não dou a mínima. Façam o que tiver que fazer.

Os policiais foram forçados a usar uma algema de pernas LR-2 no pulso robótico de Jerome, já que as algemas padrão não cabiam. Como resultado, ele foi algemado do pulso ao tornozelo no lado esquerdo e teve o pulso direito algemado na divisória de metal antes de ser levado ao MCC.

- Ei, Rampersad. Esta é a Maureen.

- Que bom que vocês vieram. Entrem. Angela, estes são Tommy e Maureen.

- É maravilhoso conhecer vocês! Eu sinto que já o conheço. Orrin fala muito de você.

- Bom, não acredite nele. Ele exagera.

- Ei, que lugar legal. Você fez isso com o nosso salário? Este cara só pode ser um mágico.

- Ela decora e eu pago. O que vocês vão beber?

- O mesmo de sempre. Maureen bebe rum e Coca-Cola.

- Vou lhe servir uma dose de Courvoisier.

- Legal. Quanto o Manitoba cobra por isso? Dez dólares a dose?

- Sua roupa é muito bonita. E seu cabelo é lindo!

- Ora, muito obrigada. Eu adoro este vestido e o seu penteado é lindo.

- Espero que vocês estejam com fome.

- Eu também. Ele não me deixou entrar na cozinha o dia todo. - Angela brincou com Orrin.

- Aqui, trouxemos para vocês.

- Oh, não precisava! Muito obrigada. Deixem-me pegar seus casacos.

Eles sentaram-se no sofá Chester luxuoso que predominava na sala espaçosa, enquanto Orrin trazia copos e garrafas em uma bandeja pequena. Ele a colocou na mesa de vidro ao lado do sofá e serviu as bebidas, distribuindo-as antes de levantar seu copo.

- Aos velhos e novos amigos! - Orrin sorriu.

- Tim-tim!

Todos ficaram de pé e tocaram seus copos antes de Orrin sentar-se ao lado de Angela no sofá de dois lugares.

- Então, suas meninas estão com os avós esta noite?

- Sim, elas estavam ansiosas. Talvez da próxima vez possamos levar as crianças para *Coney Island*. - Maureen sugeriu.

- Seria maravilhoso! David está ansioso para conhecer Tommy. Ele sempre faz perguntas sobre o que pai faz no trabalho todos os dias. Ele tem uma imagem na cabeça de que eles são como *Starsky e Hutch* ou algo parecido.

- O que é isso, é igual *Car 54, Where Are You?* - Tommy franziu a testa.

- Ele não assiste TV; só futebol americano e beisebol. - Maureen deu um tapinha na coxa dele.

- É que eu passo meus dias no MCC. Quem tem tempo para TV?

- Ah, por favor, nada de falar de trabalho, lembra? - ela o repreendeu.

- Não vamos falar de trabalho? Achei que foi por isso que você convocou esta reunião.

- Orrin! - Angela deu um tapa no braço dele - Ele está sempre brincando.

- Quem, o Dirty Harry?

- Você deveria falar, senhor. - Maureen o cutucou.

- Tenho certeza de que ele contou a vocês tudo sobre como eu o persuadi para nos mudarmos para cá. Venham dar uma olhada na vista da varanda. As crianças adoram o parque à beira do rio, é simplesmente maravilhoso.

- Oh, que lindo! - Maureen exclamou.

Os parceiros de trabalho aproveitaram a pausa de toda a tensão da semana anterior, felizes por terem conseguido reunir-se com suas esposas e por terem dado mais um passo em sua amizade. Eles também perceberam que suas esposas estavam certas. Eles precisavam fugir um pouco da loucura do julgamento dos médicos e, graciosamente, abandonar as coisas que estavam muito além do controle deles.

Pouco depois das 23h, o sargento Merced recebeu uma ligação em seu posto no Centro Correcional Metropolitano. Ele estava irritado por ter sido escalado para o turno da noite, principalmente em um domingo no fim de semana do Dia do Trabalho. Sua namorada já tinha ligado várias vezes para verificar se ele realmente estava trabalhando. Ela tinha certeza de que ele estava com outra mulher e ela ligou para pessoas que ele não conseguia acreditar que ela seria capaz. Ele iria resolver as coisas com ela quando saísse, mas naquele momento, tudo o que ele podia fazer era assistir *A Hora Mais Escura* em seu DVD portátil pela vigésima vez, enquanto as horas se arrastavam.

- Merced.

- Aqui é o sargento Salinas. Tem uma escolta do *Police Plaza* chegando daqui a meia hora. Eles têm ordens para levar os médicos ao Tribunal Criminal, na Broadway, para a audiência preliminar. Há várias perguntas de segurança vindo do *Police Plaza* e eles decidiram que vão mantê-los no tribunal até terça-feira.

- O quê? - Hector reclamou - Acabamos de solicitar que as luzes fossem apagadas. Agora tenho que mandar os caras vestir esses idiotas e prepará-los para um passeio?

- Você *gosta* deste trabalho, Merced? Suponha que esta ligação esteja sendo monitorada?

- Você esclareceu isso com o tenente Lockwood?

- Lockwood está de folga neste fim de semana. Eu sou o oficial superior. Mande os detentos tomarem banho. Só poderão se barbear e trocar de roupa no tribunal antes da audiência. Eles podem deixar seus itens pessoais na solitária, porque eles voltarão.

- Entendido. - Merced praguejou antes de chamar o guarda do portão.

- Sanchez.

- O cara quer que os médicos tomem banho e fiquem prontos para uma carona até à *Centre Street* em cerca de meia hora.

- O quê? As luzes já estão sendo apagadas. O que diabos está acontecendo, afinal? Quando souberem quem está indo, aquilo lá vai virar uma zona. Quem autorizou essa merda? Lockwood?

- Não, Salinas está no comando do turno neste

feriado. Ele disse que o *Police Plaza* tinha questões de segurança. Eles devem ter conseguido uma ordem judicial ou alguma merda parecida.

- Alguém verificou novamente?

- Para quê? O que você está usando? Metanfetamina? Você quer ligar para o capitão a essa hora da noite? Eles só serão levados ao tribunal e não jogados em um rio. Olha, se acontecer alguma coisa com aqueles bastardos, pelo menos não vai ser aqui, certo? Já existem rumores sobre aqueles dois traficantes de drogas serem esfaqueados. Não quero meu nome em nenhum desses tipos de relatórios, ouviu?

- Ouvi.

- Bom, terminem de apagar as luzes e deixem os detentos prontos para partir.

- Entendido.

~

- Foi você quem fez isto? Você só pode estar brincando. Você está na profissão errada, cara. Você estaria ganhando muito dinheiro fazendo isto em algum restaurante gourmet.

- Dizem que os homens geralmente procuram alguém que saiba limpar e cozinhar. No nosso caso, fui eu quem tive sorte.

- Eu quem tive sorte com esta garota. - Orrin apontou o garfo para Angela que estava sentada a sua direita na mesa de jantar de carvalho polido.

- Meu Deus, isso aqui está muito bom! - Maureen saboreava o delicioso frango com pimentão vermelho ao molho curry sobre o arroz jasmim e pão caseiro -

Eu nunca provei nada tão bom assim em um restaurante. Você é um excelente cozinheiro!

- É uma receita do seu país antigo? - Tommy perguntou passando um pedaço de pão no molho de seu prato - Você nunca me disse por que seu povo deixou Granada.

- Meu avô era um fazendeiro em Granada; ele tinha uma fazenda a leste de Grand Anse. - Orrin deu um gole em seu vinho branco - Meu pai era um dos oito filhos. Ele estava na escola em 1979 quando Maurice Bishop e o seu Movimento New Jewel derrubaram o governo. Imediatamente, Castro e os Russos saltaram a bordo e começaram a enviar todo o tipo de assessores e ajuda internacional. Vovô não dava a mínima para a política, mas antes que ele percebesse, o regime colocou a política deles na sua porta. Um dia, meu pai foi à escola e havia um soldado cubano lá que fez um discurso para a classe sobre o papel de Granada na luta da classe trabalhadora contra o capitalismo. E, quando ele se deu conta, os Russos começaram a enviar soldados para oferecer às crianças uma oportunidade de treinar no exterior, na União Soviética. Algumas famílias eram tão pobres que aproveitaram a oportunidade.

- Isso é terrível. - Maureen comentou baixinho.

- Minha avó sabia que eles tinham que deixar o país, mas meu avô não iria a lugar nenhum. Ele disse que a terra pertencia à nossa família desde 1800 e que eles teriam que enterrá-lo lá. Ele sabia que minha avó estava certa, então, ele começou a mandar seus filhos para cá para morar com parentes, um por um. Quando chegou a vez do meu pai, ele já tinha dezoito anos. Ele veio, arrumou um emprego e se casou. Ele se casou com uma garota de Granada, e ele e a minha mãe sempre falavam da infância deles e de como o país era lindo. Acho que um dos motivos de eu ter me tornado um policial foi porque eu amo os Estados Unidos e nunca quis ver bandidos tomarem conta daqui da mesma forma que fizeram lá.

- Meu pai se mudou de Bay Ridge para Brooklyn Heights nos anos 8o. - Tommy mencionou - Ele os tirou de lá bem na época em que as gangues de rua começaram a dominar o bairro. Tinha a FMD, Os Sujos, todos aqueles idiotas eram tão maus quanto terroristas. Eles eram os donos das ruas e todos sabiam disso. Ele quase pediu demissão da polícia, mas eles estavam dispostos a transferi-lo por causa de seu histórico de serviço. Quando Rudy Giuliani foi eleito prefeito, ele começou sua repressão ao crime. Ele começou a contratar uma "nova geração" de policiais que não ficariam parados vendo aquilo acontecer.

- Meu pai foi colocado no comando de uma das unidades da Força-Tarefa de Gangues de Rua, e, bom, estamos falando sobre vingança. Ele estava tipo, "nunca mais". Ele disse que nunca mais veria nada parecido com aquelas gangues que comandavam o bairro sob seu comando. Eu concordei com isso, principalmente depois do 11 de setembro. Eu disse que nunca mais deixaria os bandidos assumirem o comando. Tipo Orrin.

- Um brinde aos nossos homens! - Angela ergueu seu copo a Maureen - Os cavaleiros de armadura brilhante.

- Sim. - Maureen sorriu de volta - E que os bandidos nunca se esqueçam deles.

～

Abe Javits teve um pressentimento horrível quando o guarda foi informá-lo que ele estava sendo transferido para o prédio do Tribunal Criminal por motivos de segurança.

- Mas eu estou na solitária! - Abe protestou - O que eles estão pensando? Que um dos guardas vão me matar?

- Eu não faço as regras, amigo. - O guarda resmungou - Eles querem que você deixe as suas coisas aqui, então, obviamente você vai voltar após a audiência.

Os avós de Javits e muitos de seus parentes deixaram a Europa antes do Holocausto. Suas histórias fizeram parte de sua infância e das tradições familiares. Muitas delas eram sobre homens indo atrás de pessoas no meio da noite. Era um medo comum, que permeava os contos de fadas e as superstições das civilizações desde o início dos tempos. O medo do mau que saía da escuridão.

Ele lia jornais e ouvia os programas de rádio e não conseguia acreditar nas coisas que eram ditas. De repente, ele se tocou e começou a entender como os alemães poderiam ter professado ignorância das atrocidades que foram cometidas contra os judeus em seu país. Tais alegações terríveis estavam sendo feitas contra ele e seus amigos, dizendo que ele fazia parte do que acontecia por lá. Eles se recusavam a acreditar que ele não sabia de nada, apesar do fato de ele ter sido preso no local, a poucos minutos de ser trancado em um abraço robótico de Combo e Jerome Browne.

Abe só esteve lá três vezes após a primeira visita e todas as vezes ele auxiliou nas cirurgias de implantação dos dispositivos robóticos de Combo. Ele até mesmo levou os relatórios e diagnósticos de Adam para casa para garantir que eram válidos e clinicamente necessários. Combo estava morrendo de distrofia muscular e seus membros estavam cedendo um por um. Abe argumentou que o homem precisava estar em um hospital, mas não havia dúvida de que ele teria sido reduzido a um paraplégico sem esperança de recuperação. Quem quer que fosse esse Cyclops, e onde quer que ele estivesse obtendo seus suprimentos, ele capacitou Adam a realizar algo que nunca tinha sido feito antes. Assim como o gato de Adam.

Abe estava lentamente apreciando toda a extensão da genialidade de Adam. Ele não só tinha uma capacidade prodigiosa de induzir teorias e conceitos médicos, mas também a audácia e autoconfiança para colocá-los em ação. Além disso, ele tinha uma aptidão incrível para assistir e aprender. Abe sabia que Adam estava captando todos os detalhes durante as cirurgias, fazendo dezenas de perguntas sobre como ele fazia isso e porque ele fez aquilo. Obviamente, era por isso que Abe não sabia nada sobre Jerome Browne. Adam tinha chegado ao ponto em que ele poderia fazer tudo sozinho.

Abe nunca seria capaz de entender como Adam cruzou o limiar do mau e como ele não poderia ter previsto isso. Ele sabia que Adam tinha sido implacavelmente ambicioso, desde a realização de transplantes em pequenos animais até a manipulação de sua mãe para financiar a operação. No entanto, nenhum deles jamais teria acreditado que ele poderia ter estado envolvido em sequestros e mutilações. Abe teria apostado tudo o que possuía contra isso. Quem quer que fosse esse Doutor Cyclops, ele deve ter exercido uma influência enorme sobre Adam para levá-lo a fazer tais coisas. Deve ter havido algum tipo de coerção, talvez até chantagem. Mas o que diabos poderia ter sido?

Toda a defesa deles estava apostada nesse Cyclops. De acordo com seus advogados, Adam deu uma declaração juramentada de que Cyclops o havia contatado em um site estrangeiro para discutirem sobre pesquisas e desenvolvimento de robótica. Eles começaram a trocar e-mails e Cyclops concordou em fornecer a Adam protótipos para testes beta. Cyclops fazia o seguro de cada remessa com Lloyds de Londres, caso houvesse algum erro e Adam enviava relatórios extensos de volta para Cyclops em troca. A pesquisa justificava o financiamento que Cyclops estava recebendo de um governo estrangeiro para desenvolver os protótipos.

Ainda assim, Adam se recusava a revelar como as quatro mulheres, Geri Lindsay e Jerome Browne acabaram no porão. Ele disse que Cyclops começou a visitar as instalações para confirmar os relatórios médicos de Combo e Patch. Pouco tempo depois, foram tomadas providências para que as pessoas do bairro fossem atendidas no local em situações de emergência. Adam alegou que não tinha conhecimento dos detalhes e não tinha acesso às instalações de reabilitação no local. Ele não sabia que Cyclops havia instalado jaulas ou que pessoas estavam sendo mantidas no porão. Ele até negou que Combo ou Patch tivessem algo a ver com as operações diárias. Acima de tudo, ele insistia que seus colegas eram mantidos completamente no escuro.

Abe havia sido instruído por seu advogado a não admitir nada e a não dizer nada. A promotoria teria que provar que ele havia visitado o local antes da noite em que foi preso. Os únicos que poderiam testemunhar que ele estava lá eram Adam, Patch e Combo. Se nenhum deles falasse algo contra ele, o júri não teria outra escolha a não ser absolvê-lo. Os advogados perceberam que a carreira médica de Adam havia terminado, que ele havia se sacrificado para salvar seus amigos. No entanto, se Patch ou Combo se tornassem testemunhas, todos os quatro poderiam pegar prisão perpétua. As acusações de sequestro e caos agravado garantiam isso.

Ele foi levado de sua cela por um longo corredor até a uma sala maior. Quando o guarda o conduziu para dentro, ele ficou surpreso ao se ver diante de Adam, Isaac e Noah.

- Adam! - Abe parecia chocado, embora sua expressão lentamente mudou para uma de fúria - Adam, seu filho da puta! O que foi que você fez com a gente?

- Ok, pessoal, ouçam com atenção. - Adam se afastou deles na sala de tamanho médio - Não temos muito tempo. Eu preciso contar a vocês o que aconteceu.

- Por favor, Adam! - Isaac exigiu, indignado - Por favor, conte-nos o que aconteceu.

- Antes de tudo, quero que saibam que estou levando a culpa de tudo. Eu mandei um recado para Patch e Combo. Estou jurando que nem eles e nem vocês tiveram nada a ver com o que acontecia lá. A culpa é minha e do Cyclops. Eles sabem que se testemunharem contra nós, vou acabar envolvendo-os e, consequentemente, cairão comigo. Assim que todos estiverem livres, será só eu e Cyclops.

- Adam, - Abe cerrou os dentes de raiva - quem é Cyclops?

- Não há nenhum Cyclops. - Adam baixou os olhos - Era eu.

- *O quê?*

- Havia um cientista chinês em Nanquim chamado Hun Wen-ting. O governo investiu um bilhão de dólares em seu projeto de robótica, mas ele estava enfrentando grandes obstáculos com os testes beta. Com todas as violações dos direitos humanos na China sendo investigadas pelas Nações Unidas, eles não aguentavam mais a pressão sobre os experimentos científicos. A parte sobre a troca de protótipos por dados de pesquisa era verdade, esse era o acordo. Eu não posso contar a vocês como qualquer um dos objetos foi levado ao laboratório porque a promotoria poderia distorcer para implicar vocês. Tudo o que posso dizer é que eu sinto muito e que algum dia talvez a humanidade se beneficie das coisas que fomos capazes de realizar.

- Você mutilou aquelas mulheres e aleijou aquelas celebridades para o resto da vida! - Isaac não conseguia acreditar que essa conversa estava acontecendo - E você está nos dizendo que *não há nenhum* Cyclops.

- Adam, você nunca perdeu um turno em Bellevue, nunca! - Noah estava preocupado com o seu amigo mais próximo - Não faz sentido você me dizer que sequestrou todas aquelas pessoas e as levou para o laboratório sozinho! Admita que alguém levou aquelas vítimas para você!

- Não posso. - Adam balançou a cabeça - Se eu desse o nome dele à polícia, ele mandaria matar vocês três por vingança. A promotoria verá os fatos da mesma maneira que vocês, eles vão saber que eu não poderia ter feito tudo sozinho. Infelizmente, terei que protegê-lo da mesma forma que estou protegendo vocês. Ei, talvez houvesse um Cyclops, afinal. Só que ele fez tudo, menos as operações.

- Muito bem, rapazes, vamos levar vocês ao banheiro. Vocês têm quinze minutos. - disse um guarda ao entrar na sala - Vocês vão receber meias e cuecas. A próxima parada será no tribunal na Centre Street. O Ministério Público quer garantir a segurança de vocês antes do início do julgamento. Eles vão manter vocês no local até depois da acusação.

- Tomar banho? Como assim? - Abe conseguiu perguntar, sua boca estava estranhamente seca.

- Eles não têm chuveiros no tribunal. Você quer levar o cheiro deste lugar para a sua audiência?

- Prefiro pular o banho.

- Então não tome. Vamos, pessoal, vamos andando.

~

- Tivemos uma noite maravilhosa. - Maureen Jackson abraçou os Rampersads enquanto se preparavam para ir embora pouco antes da meia-noite - Vamos planejar a viagem para Coney Island; as meninas vão ficar super animadas.

- David também vai ficar ansioso para conhecer todos vocês. - Angela concordou - Ok, rapazes, providenciem tudo e estaremos lá.

- Não sei quando teremos este tipo de folga enquanto Coney Island ainda estiver aberta. - Tommy deu de ombros - Tivemos muita sorte esta noite com tudo sendo fechado para o Dia do Trabalho.

- Confesso que não estou ansioso para terça-feira. - Orrin franziu a testa - Espere até o promotor nos dizer o que acha sobre o resultado vazio da investigação.

- Você disse que não iriam falar de negócios esta noite. - Angela o repreendeu.

- Ah, não se preocupe com isso, nós já estamos indo. - Tommy sorriu.

- Eu sei que vocês deram o melhor de vocês e eles não podem pedir mais do que isso. - Maureen assegurou - Isso é o máximo que se pode pedir a qualquer pessoa.

- As pessoas querem que a justiça seja feita, especialmente em um caso como este. - Tommy disse em um tom resignado - No final do dia, só espero que eles peguem esses caras. Se não, só espero que não seja por causa de algo que perdemos.

- Isso não vai acontecer. - Maureen abraçou o braço dele - Vocês já fizeram sua parte, agora é deixar nas mãos de Deus.

- A justiça será feita. - Angela concordou - Tenho certeza disso.

Os médicos foram levados até o banheiro e, mais uma vez, Abe teve aquela sensação esquisita no estômago. Ele se lembrou das histórias e de todos os documentários sobre os banhos do Holocausto. Eles levavam as vítimas para os campos de concentração e diziam para se despirem, conduzindo-as para cômodos onde um gás venenoso era liberado. Ali estavam eles, ele e seus amigos, isolados nas entranhas de um centro de detenção e sendo obrigados a se despir em um banheiro deserto. Muitas vezes ele se perguntava por que as vítimas do Holocausto nunca lutavam, ou se recusavam a cooperar indo em silêncio para a morte. Naquele momento, ele estava começando a entender. Naquela hora, ele soube.

- Cinco minutos. - O guarda bateu a porta de metal atrás dele.

Estavam todos nus, segurando sabonetes e toalhas. Eles foram até os chuveiros, de alguma forma cheios de pavor enquanto se olhavam sem dizer uma só palavra. O medo era contagioso, nenhum deles era capaz de explicá-lo, embora todos o sentiam. Havia algo de errado ali, algo muito, muito errado. Era tarde demais para lutar. Eles nunca deveriam ter saído de suas celas, deveriam ter esperneado e gritado pelos corredores, recusado o banho, se unido e lutado quando foram colocados juntos na sala.

Naquele momento, eles entenderam o que aconteceu com os judeus na europa. Quando eles perceberam que era hora de lutar, já era tarde demais.

De repente, eles ouviram a porta de metal sendo destrancada. Foi Adam quem reconheceu o som primeiro, o zumbido dos motores minúsculos e o barulho da bota metálica.

Eles olhavam horrorizados quando primeiro Combo e depois Jerome Browne entrou pela porta antes que ela fosse trancada atrás deles. Eles estavam completamente vestidos e Jerome tinha um brilho assassino em seus olhos.

- Boa noite, senhores. - Browne sorriu diabolicamente - Está na hora do pau.

Caro leitor,

Esperamos que você tenha gostado de ler *Transplante*. Reserve um momento para deixar uma crítica, mesmo que curta. A sua opinião é importante para nós.

Atenciosamente,

John Reinhard Dizon e Next Chapter Team

BIOGRAFIA

Comecei minha suposta carreira aos seis anos, escrevendo diálogos para meus desenhos de personagens de palito. Na verdade, comecei a ler aos três anos, um talento dado por Deus que meus pais atestaram. Ao entrar no primeiro ano, aprimorei minha escrita e a partir daí ela progrediu. No sexto ano, escrevi meu primeiro romance, uma imitação de James Bond chamado *Enemy Ace*. Era sobre um piloto alemão da Segunda Guerra Mundial, Fritz Hammer, recrutado pela CIA para derrubar um negro chamado Blackman. Hmm... sim. Bom, adivinhem? Fritz Hammer apareceu em *Tiara* meio século depois e o enredo se transformou em *The Standard* depois disso. Hmm.

Continuei escrevendo durante o ensino médio, passei um verão escrevendo um épico de 1.000 páginas sobre os EUA se tornando fascistas e começando uma Terceira Guerra Mundial. Puxei um pouco e escrevi um segundo romance de espionagem com Fritz Hammer. Emprestei os dois para dois professores e nunca me devolveram. Nesta fase da minha vida, estou certo de que nenhum de nós jamais lucrará com esses tesouros perdidos há muito tempo.

Tudo realmente começou nos meus vinte anos, enquanto eu estava planejando minha banda punk, a

Spoiler. Escrevi uma série de dez romances sobre Richard Mc Cain, um super-herói das Forças Especiais do Vietnã. Eram clássicos cheios de ação e bem pesquisados que nunca foram publicados na era pré-internet. Mc Cain se tornou o herói de *Bloody Sunday*, uma saga apocalíptica da Irlanda do Norte. Novamente, uma obra incrível que nunca foi a lugar nenhum. Mc Cain se tornou o protagonista do meu romance cristão *Abaddon* (*Destroyer*), então não foi tudo em vão. Também escrevi meia dúzia de romances espaciais de ficção científica, ótimas histórias de ação que nunca foram publicadas.

Quando me mudei para o Texas, passei por uma outra fase de escrita que semeou alguns campos importantes. Escrevi *Hezbollah*, que foi publicado 25 depois, assim como *The Bat and Both Sides Now*. Também escrevi *Tiara*, que foi um desdobramento de um romance de ficção científica que escrevi em Nova York. Eu estava me preparando para fazer algo acontecer, mas isso não avançou até eu me mudar para o Missouri.

Acabei conhecendo a Publish America, uma editora que me deu o calote com alguns dos meus melhores trabalhos. Eles ficaram com *Tiara*, depois *Wolfsangel*, seguido por *Cyclops* e *Penny Flame*. Demorei quatro anos para perceber que eles não estavam me pagando um centavo e que nunca pagariam. Decidi que precisava fazer um último esforço para fazer algo com minha suposta carreira e 2013 foi o ano.

Dediquei-me em tempo integral para publicar e colocar trinta romances no mercado. Alguns eu mesmo publiquei e muitos outros foram para editoras independentes. Eu tive mais de duzentas avaliações na Amazon. Mais de oitenta por cento são avaliações cinco estrelas. Ainda não ganhei muito dinheiro, mas meus leitores têm feito valer a pena.

O que me faz continuar? As histórias incríveis e incomparáveis, ótimos personagens e a satisfação de saber que você está escrevendo histórias que as pessoas irão apreciar mesmo depois de você ter partido. Posso pegar um dos meus romances depois de anos e ser absorvido por ele novamente. Eu me pergunto por que eles nunca alcançaram o sucesso que tantos outros romances já alcançaram em Hollywood. Mas eu não vou me preocupar com isso. Meus leitores sabem e eu também. É isso.

Tudo o que posso dizer é: pegue um romance de JRD para ver o que acha. Se você realmente achar que é uma droga, apenas me escreva um e-mail me dizendo o porquê. Provavelmente, devolverei seu dinheiro. Ou se você estiver no Kansas, lhe pagarei uma cerveja.

Ah, sim, e dou todo o crédito e glória ao meu Senhor Jesus Cristo. Ele colocou o espírito e a visão dentro de mim. Se Ele não gostasse do que eu estava fazendo, Ele teria tirado isso de mim há meio século.

E fico feliz por ele não ter feito isso.

A ANOTAÇÃO

Capítulo 1

1. Centro Correcional Metropolitano
2. Centro Correcional Metropolitano
3. Mobile Army Surgical Hospital, refere-se a um hospital móvel militar de campo em áreas de conflito.

Capítulo 2

1. Estilo arquitetônico de algumas casas em Nova Iorque.
2. Hebraico: significa "louco" ou "idiota".
3. Tapa-olho.
4. Palavra em lídiche que significa "idiota" ou "trapalhão".

Capítulo 8

1. Refrão de uma canção popular da banda Eurythmics.

Transplante
ISBN: 978-4-82411-241-5
Livro de Bolso

Publicado por
Next Chapter
1-60-20 Minami-Otsuka
170-0005 Toshima-Ku, Tokyo
+818035793528

11 novembro 2021